長途

欲橫流的時代，是否還有戀愛存在——

張資平 著

親情？愛情？在這亂世中到底什麼才是依靠？

張資平深度剖析人性中的矛盾與不堪

目錄

一　歸來鄉

在嶺南的重山疊嶂中，有一農村，叫做歸來鄉。在村的南端雁飛峰下，有一列人家。其中外觀上比較宏大的，要算是涂震南的一家了。

快近正午時分，村中家家屋屋都起了炊煙，只有涂家還是冷森森的。進了初夏了，太陽烈烈地把這山中的一塊窪地晒得十分鬱熱。只有涂家給山麓的參天的松杉擁抱著，雖在太陽晒得最烈的時分，住在這屋裡的人穿著夾衫也不覺熱。

一個少女，約莫有十六七歲，繫著圍裙，穿著木屐由屋裡走出來。她手中捧著一個黑色的瓦鉢，裡面盛的是糠粉和稀飯混成的餵雞的食料。一群雞兒嘰嘰格格地跟著她由裡面出來。她把瓦鉢擱在門首的一株大樹腳下，群雞便圍著黑瓦鉢搶啄糠飯。

這家屋在村中雖算是頂宏大的，但也舊汙不堪了，牆壁也剝蝕了好幾處。荊棘的籬笆在這屋面前作弓形圍著一塊草地——但是正靠門段下有一塊地面是敷過了三合土的——這就是這家屋的庭園了。這籬笆朝南有一個出口。

她走出路口來了，抬起左掌，翳在額上，不讓太陽光線妨害了她的視力。這條滿敷著鵝卵石兒的寬約一丈的道路，算是村中第一條坦道。這條石路指向東南，蜿蜒而上，直達村口的山凹。又站在山坳左側的茶亭面前，再眺望山坳的那一邊，那條石路在烈日之下就像一條小河般彎彎曲曲地流向山南麓的農村裡去了。

她在路口站了一會，看不見有人由山坳那邊來，於是她向山坳走來，木屐底和石頭相碰格格地作響，使她自己聽見都覺得有些討厭。

她跑了一會喘起氣來，因為道路的傾斜轉急了，於是她放緩腳步走。

她一面走一面擔心病中的父親。她想他睡醒起來時，看見沒有人在面前，又要生氣的。

——父親的病難得好了吧，她這樣想。

她終走上山坳上來了，看見茶亭裡有幾個村中的少年，有不良性的青年，在聚著喝茶談笑。他們看見她便一齊高呼起來。

「啊喲！來了，來了！」

她不睬他們，但也不免臉紅起來。她站在一塊岩石上望山坳的那一邊。她看見有三四個女人挑著籮擔由山腰慢慢向山坳上來。裡面一個正是她在焦望著的母親。

「阿碧！」

她聽見有人在後面叫她，忙翻身看，原來是賣茶的歐伯母。她臉紅紅的只向歐伯母點了點頭，沒有開口。

「阿碧，聽說你的姊丈升了旅長了。近來你的阿姊寄有錢回來沒有？」

阿碧只搖搖頭，仍然不開口。她想哥哥尚且靠不住，何況姊姊呢。

「你哥哥那邊也有錢寄來？」

歸來鄉中的青年十中八九離開了農村，流到都會裡去謀活，或兵，或工，或商，卻沒有一定，大概都是一去不復返的。這是因為村裡太窮了，他們終年勞苦，還不能換得一個溫飽。尤其是青年更挨不住村居的窮苦及寂寞。

由村裡出外面去謀活的青年既多，每百人中在事業上有成功的也有個把人，寄很多錢回來給他的父母。這樣的人便變為村人羨慕之的。其次在外面謀得了相當的生活而肯愛顧老家的青年也不少。他們多則十元八元，少亦三塊兩塊寄回來。這也可以為村人們在茶亭裡喝茶時的談話的資料。歐伯母就是採訪這種消息的一人。

「上月底寄了三塊錢回來，他說生意不好，掙來的不夠盤繳。」

「我不相信你的姊姊沒有錢寄給你的姆媽。現在的軍官哪個沒有錢！他們說，駐縣城的王連長——小小的一個連長，都有兩位姨太太，每天晚上打五十元的麻雀。當了旅長，比連長高五六級，只怕錢沒有地方用了。何以你媽這樣傻，不寫信去向你的姊姊要。」

「……」阿碧低下頭去不做聲。她想到姊姊前幾天寄來的信的內容了。

因為父親病重了。母親叫自己寫了一封信去向阿姊討錢。阿姊回信來說，前兩個月才寄了十元，現在沒有錢了。丈夫雖然有錢，但不到她的手中，實在是有心無力。如果父母能來H埠，吃飯倒不成問題。至若每月要特別提出一筆錢寄回來，實在不好意思向丈夫要求。阿碧和母親看見了阿姊這封信。當時都氣得臉上發黃。明知父親有病不能到H埠去，阿姊卻故意寫了這封信來，也未免太寡情了。

「你比你姊姊還長得漂亮，將來要做師長太太呢。的確，現在時候女兒最好是嫁軍官——做軍官的姨太太也比嫁給窮人做老婆好些。」歐伯母說了後在嘻嘻地笑。

她想，這位歐老伯母總是這樣討厭的，沒有一天不講錢的事，每次看見自己的母親，便要問自己的婚事。她低著頭在痴想，不答那個老婦人。

由茶亭裡走出一個年約二十二三歲的青年來。

「涂碧雲！」

她嚇了一跳，略抬首看，她想，這個人何以這樣魯莽。

「你還認得我嗎？」那個青年笑著問她。

她臉紅紅地看了看他，覺得自己像在什麼地方見過這個人，但無論如何想不起是那一個來。

「我是吳興國。我的樣子雖然變了，但是你總記得我的名字吧。」

當他最初叫她的那瞬間，覺得他很討厭。但過了一會，他那樣微笑著的態度竟會引她不時抬起眼睛來偷望他。

「你還不認識我嗎？」

但她還是臉紅紅的不答話。他在哈哈大笑起來。那種男性的真率的態度在她有幾分討厭，又有幾分可愛。

「我的名字你想起來了嗎？」

她點了點頭。

「歐伯母，我小的時候和她跳舞過來。」

「跳舞？在什麼時候和她跳舞過來？」

「在城裡縣立第一小學的幼稚園時代。」

她和他同時回憶起小的時候同在幼稚園裡的情況來了。幼稚園的小朋友，共有四十多個，每天都是手挽手地作成一個圈兒，和著先生的風琴在唱歌。

「請你小朋友，來跟我跳舞。請大家一齊拍手！」

每當先生叫她去請一位她所喜歡的小朋友一同跳舞時，她定走到他面前來鞠一鞠躬。最初，教師以為是偶然的，但到後來看見他倆總不肯請第三個人來和他們跳舞，才知道他們是有幾分意識的。

那時候碧雲的父親震南還在縣城裡開一家雜貨店，不像現在這樣窮。他們姊妹三人都在縣城裡分進了小學及幼稚園。

她比興國小幾歲，他比她先進了小學。他們同學只一年間，他是進幼稚園的最後一年，而她卻是最初的一年。

母親挑著籮擔喘著氣和幾個同伴走到山坳上來了，額前掛著不少的汗珠。

「啊呀！阿碧兒你怎麼跑到這個地方來玩！你不在家裡看著爹爹？爹爹睡著了嗎？」母親一看見女兒，就這樣說。

「爹睡著了。我剛到這裡來的。這樣晏了，還不見媽回來，才走這裡等你。」她說了後很不好意思般的，望了望母親後又翻過頭去看吳興國。

她望望母親的竹籮裡，一邊是裝著一小麻布袋米，一邊是裝著兩顆大石頭和幾樣食物，如豬肉，乾豆腐，食鹽包等等。

「快回去，快回去！」母親不肯放下籮擔休息一刻，趕著女兒回家去。

「不歇歇涼就下坳嗎？」歐伯母在後面說。

「不早了，要趕回去燒晝飯了。」母親一面下坳一面說。

碧雲下坳時，還翻轉身望了望興國。再走兩步。轉了彎，坳上的茶亭給樹林遮住了，只看得見亭頂。

母親在後面嘮嘮叨叨地責備她，不該走出來，要在家裡看守東西，服侍父親。

碧雲想，父親的脾氣太壞了，動不動就罵人。兒女固然是該盡孝道的，但是對從來就不愛自己的父親，實在不高興看護。

母女回到籬笆門首來了。群雞像吃飽了，這裡一隻那裡一隻的散開著在啄草花。一隻雄雞走出籬笆門首，伸長頸在喔喔地啼起來。

二 實屬

涂震南是個半通不通的老童，讀書不成功，才學做生意的。革命之後，做官不如從前那樣要限定什麼資格了。只要有錢運動，或有親戚朋友提拔，就不難平地升天。有一次，因為縣長是他的舊友，他便極力去運動謀得了一個警區署長。最初他的朋友知道他是個笨得難挨的人，便勸他做生意好，這樣的官癮過得沒有什麼意思。但他無論如何非幹一下不可。這位縣長從前用過了他的錢，卻情不下，只得把他委出來，委他到一個事務比較清閒的警區去做區長。他還說縣長小看了他的才能，不甚滿意的上任去了。他在縣署裡看見縣長有一顆小印，刻「××經眼」四個字，他得到了某警區長的委任狀後，就趕快刻了一顆「震南經眼」的小印，也星夜寫了兩對形的燈籠，一面紅黑相間的寫「××區區署長」六個字，一面朱書一個大「涂」字帶到任上去。

他的做縣長的朋友深知道他笨，特薦了一個文牘員給他，幫他辦公文。但他常常要自逞聰明，用他的不通的文字去塗改那文牘員所擬的文稿。譬如文牘員擬的公事裡面有「殊堪痛恨」一句，他便在前面加上「實屬」兩個字。

——「實屬殊堪痛恨，不成文章了。」文牘員駁他。

——你不知道此中奧味，要加「實屬」兩個字上去，才像官的口吻。

諸如此類，不問大小公事，他總是要親自動筆把文牘員的文章改得一塌糊塗。因為名聲太壞了，不滿三個月就被撤差了。恰好在他被撤差的前幾天，碧雲就生下來。這就是涂震南不愛他的小女兒的一個大原因。

區署長卸任之後，他把那個「震南經眼」的小印和有銜頭的燈籠都搬回店裡來。因為他的官癮沒有過足，回來店中後繼續著大做他的官樣文章，「切切此示」，「切切此批」的紙條貼滿了店壁，弄得滿店的店員莫名其妙。

生意年見年不好，把村裡所有的幾畝田賣完了，仍然無濟於事。到了不能維持下去的時候，只得把生意收盤，回到村裡來過零落的生活了。

生意收盤了後的震南，就像失掉了指南針的輪船，對於生活的前途十分焦急。尤其是每想著半生來流了不少的血汗才積蓄起來的資產，就這樣地消散了，更十二分的痛心。他每天夜裡沒有事做，只管在翻看舊日的帳簿，一面看一面在打空算盤。碧雲在隔壁房裡聽見算盤子音彈得非常之響亮。隨後又聽見父親在喃喃地罵某某該殺，某某沒良心，欠他的帳，不還半個銅錢。

對於生活的焦慮和苦惱，就是他的病源，他終於咯血了。

震南的病一天天地厲害，每日除置罵妻女之外，便像死人般的貪睡。脾氣好點的時候就盤腿痴坐在床上，像參禪般，大概是在回嚼從前生意繁盛時期的滋味。有時更深夜靜了，碧雲還聽見父親房裡的算盤子音。

——總共丟掉三千六百八十四元五角七分二厘一毫正。碧雲常聽見父親反覆念這個數目。她想這三千多塊錢便把父親激病了麼。

涂震南的長女晴雲，是在生意尚盛時由他作主嫁了一個小軍官——當時只是個連長，姓容名超凡。晴雲出嫁那年才二十歲。晴雲嫁後，才知道自己的丈夫並不如父母所說那樣可信賴的人。在他的故鄉有他的正室，在省城他也還有一位姨太太。只有他有相當的財產一項，父母算沒有欺騙她。

容超凡頗喜歡這位第二姨太太晴雲，對於她的要求莫不徇從。她固然不願意單一個人回他的鄉下去，又在省城因有第一姨太太，她也不肯住。結果容超凡在南國最繁華的都市H埠，買了一座小小的洋房子去安頓她。至他在一年中，有二分之一以上的時日是在各地方流離轉徙，回到H埠來的日子實在很少。

晴雲原來就不喜歡超凡的，因為她的結婚不是由她的意志而是由父母作主。幸得結婚後超凡能十分徇從她的種種要求，物質的享受終屈伏了她。

第二個是男兒，名叫秉東，在中學僅讀完了一年書，因為學資不繼，便退了學，前年出省城去了，開了一間小菸仔店兼找換銀錢。在前年他姘上了一個省城女人，去年冬還生了一個女兒。父母常常寫信去要他寄回點錢來幫家。但哥哥一封信來說生意不好，兩封信來說，每天掙來的微利實在不夠開銷。

第三個就是碧雲了。姊妹三人中，碧雲的性情最好，也長得最標緻。但她不能得到父親的愛，這連她自己都覺得奇異而常常嘆息的。她很想在父親未死之前盡點孝養，不過父親總是罵她的時候多，罵到她不敢靠近他。

父親的病一天重一天，但他還常常愛打空算盤，就在不打算盤的時候也喃喃不休地在念「三千六百八十四元五角七分二厘一毫正。」到後來母親看見父親的精神太衰弱了，把他的算盤藏起來。但他還是勉強由床上爬下來，拚命地找算盤。找不著時，便高聲大罵，罵至母親拿出來給他，他接到算盤便向母親劈頭打來。

碧雲到現在才知道父親完全是因為沒有錢激病了的。於是他不能不恨她的姊姊了。據由H埠回來的人說，姊姊在H埠的生活十分奢侈，揮金如土。但父親寫了幾封信去告苦，她連信都不復。

父親到近來更瘦得厲害，差不多只是皮和骨了。南國的暮春，氣候十分和暖，蒼蠅和蚊子很猖獗。父親在夜裡常常睡不著，在白天裡反垂著帳睡在床裡。碧雲隔著蚊帳看得見父親滿生著細毛的蒼白的脛部和眼睛深陷入眶裡了的蒼灰色的臉。在他的枕畔有幾本舊日做生意時的帳簿和一個算盤。

過了穀雨，村中的農民都把秧種下去了，專等六月到來。母親由隔村的地主佃了幾畝田來耕，滿望收穫好時，可以多賺幾粒穀。當農忙的時候，家裡的父親更要煩碧雲的手了，因是她更發見了父親有許多不好的脾氣。總之患痰火病的人最易發怒。他有時候竟提起掃帚來趕著女兒毆打。

過了立夏，父親的血嘔盡了，斷了氣息。

三　醜惡

因為父親死了，晴雲寄了一百元，秉東也寄了五十元回來，作父親身後的費用。那年的收穫並不好，母親辛苦了半年，所得的除繳給地主的地租外，實在不夠他們母女半年的糧。涂媽想到母女生活的前途，就覺得有件大禍遲早快要臨頭沒有躲避的地方般的。到了這樣恐慌的境地，她只得再寫信去向H埠的晴雲和省城的秉東告急，因為在這世上沒有比他們姊弟和這母女兩人更關切的人了。在涂媽的意思，只要他們姊弟每年合共寄二百元回來，她情願畢生住在這歸來鄉里，她實在捨不得這樣山清水秀的家園。

過了三個多星期，晴雲和秉東的回信都來了，不約而同地都說沒有錢。他們說，如果真的在家裡耕來不夠吃，那就出來外面，每餐多煮半升米飯也未嘗不可以，想要拿白白的銀寄回去，那是千難萬難的。晴雲信裡還有使涂媽聽見傷心的，就是晴雲希望涂媽或碧雲隨便那一個可以到H埠她家裡去住，但只允一個人住在她家裡，還有一個人的生活該歸秉東負擔，要這樣才公道，認真說來，這個責任該全歸秉東負擔的。她信裡還說，母親該由弟弟奉養，最好叫妹妹到Ｈ埠來，這明明是晴雲表示嫌厭她的老母親。

秉東的信雖然沒有說出不歡迎母親的話，但他信裡這樣說，母親來省城過Ｈ埠時，試到姊姊家裡去看看，姊姊很有錢，看她能不能替妹妹想個方法，因為妹妹還該繼續求學，他這樣窮，年輕的妹妹盡住在哥哥家裡也不是個辦法。他信裡還說，像姊姊這樣有錢，就全擔母親和妹妹的生活，在她也是一點不費力的。

涂媽聽碧雲把哥哥姊姊的來信唸完了後，才知道人類是最醜惡的動物，她又想，人類何以比其他種動物特別醜惡呢，這完全是人類會使用金錢使然。她到這時候，不能不盡力去咒詛金錢了。但是咒詛盡歸咒詛。到了生活受著極度的威嚇時，只好在醜惡的動物之前降服。

涂媽把剩下來的兩三擔穀賣了，飼養至中途的一群雞鴨也以賤價賣了，再變賣了一部分的首飾和手釧共有三十多塊錢了，一路如乘三等的船車，也夠她們母女到Ｈ埠的川資了。

涂媽母女從來沒有出過門的，她們把行裝整理好後，涂媽想出縣城來打聽有沒有人出H埠的，打算跟他一路去，沿途可以托他照料照料。她們母女要離開歸來鄉的消息早傳播了全村——否，小小的縣城裡的人們都稱讚晴雲孝順。涂媽母女赴H埠的消息也早傳播全縣了。

山坳茶亭的歐伯母聽見涂媽找同赴H埠的旅伴，便替她們介紹了吳興國。她說吳因為有病請假回村裡來，住了兩個多月，現在假期滿了，就要回省城的軍官學校去的。

碧雲聽見吳興國的名，不知道什麼緣故，胸口會跳動起來。她覺得他實在是一個討厭的人。約兩個月前，在山坳茶亭前，他對自己的態度實在有點輕薄。不過看見母親決意跟這個人一路到H埠去，她也就不表示反對了。她總覺得吳是有意的毛遂自薦，至於他的用意何在，她也有點不好意思去想像。

由縣城搭火車至K海口，一天可到。再由K海口搭火輪船，過一夜可到H埠。由H埠再乘半天的火車就到省城了。前後只需三天工夫。但在從未出過門的涂媽母女看來，是極遙遠的旅途了。

到了吳興國和她們母女約定了的日期，天還沒有亮，她們就起了床。行李是昨夜裡就整理好了的，幾個村中的健婦替她們分挑出城裡來。

涂媽走到車站來時，看見車站裡滿擠了人。她第一步感到出門的辛苦了。她想擠著這樣多人，自己要怎樣才能夠上火車呢。她只望快點找著吳興國，請他想個方法出來。

「阿碧，我們走到那一頭上車去呢？」她翻過頭來問她的女兒。

「車票還沒有買，怎麼可以上車呢？」碧雲倒很鎮靜地回答她的母親。

「車票？車票向哪個買？」

「前面擠著這多人就是爭買車票的。」碧雲覺得母親還是個古代人，不知道怎的搭火車。於是她把他們爭先恐後買車票的理由告訴了母親。

「那你快點買車票去。」母親這樣吩咐她的女兒。

「吳先生還沒有來，曉得他是不是搭這班的火車。」

車站上的人們的擠擁和叫號真把她們嚇昏了。她有點後悔不該出門了，她想旅途中有這樣的煩苦，就不如坐在家裡餓死還快活些。她和女兒望著堆在車站的一隅的自己的行李發痴。有兩三個搬運夫圍著她們，問她們買了車票沒有。涂媽只當這些人是強盜是歹人，一句話都不敢回答他們。運搬夫看見她們母女的樣子奇怪，更像看古董般地圍著看，不肯走開。碧雲給他們看得十分不好意思，只低下頭去。

「涂伯母！」

碧雲聽見有人叫她的母親，忙抬起頭來看。她的視官和聽官同時感知叫她的母親的人是吳興國了。

「啊！吳先生！你怎麼這樣時候才來？」涂媽看見吳興國像得了救星般地叫起來。

「那裡，我早來了的，盡等盡等，不見你們來，真把我急死了。你們買好了車票沒有？」

「沒有買。你的呢？」碧雲這時候壯起膽兒，雖然有些臉紅，向吳興國。

「我的早買了。你們沒有買，我替你去買好了。只差五分鐘就要發車了。你們的行李怎麼樣？過磅了沒有？不，不。車票沒有買，當然還沒有過磅。問你，你們的行李件數多不多？」

「不很多，只有這些。」涂媽指著給吳興國看。

碧雲知道行李件數帶多了。昨天她還規勸過母親，不要把無聊的東西帶多了。但是母親執死不肯聽。只兩個人出門，大小行李——共有十八件，真太累贅。碧雲覺得最討厭最難處置的就是五個又重又大的網籃。

「嘿！這些是你們的行李？堆起來像個小岌崗了。搬也要好些時候，五分鐘磅不了。涂伯母，你到底帶些什麼東西來！」吳興國說了後在苦笑。

「那怎麼樣才好呢？行李雖然多了些，還好不帶去麼，吳先生？」

「日車無論如何趕不及了，只好搭晚車了——六點半的晚車，要在火車上熬一夜，頂辛苦的。涂伯母，告訴我你帶些什麼東西，行李這樣多。」

「有什麼東西，還不是穿的吃的。」她的掉了一顆門牙的嘴，笑得合攏不起來。

「那個頂大的網籃裡裝的是什麼東西？」吳興國笑指著那件行李問她們。

「裡頭有一袋米——一斗多米。」碧雲的口氣像在埋怨母親，不該帶這樣不必要的重贅的行李來。

「一斗多米！帶米到 H 埠去做什嗎？到 H 埠去還怕買不出米來嗎？H 埠的米貴是貴一點，但比這裡的好得多了。」

「我不是有意帶米來的。吃剩的米丟了可惜。」

「送給你同屋人不好嗎？」

「我勸她便宜些賣給人還不肯呢，值到塊把錢的。」

「還有些什麼東西？」

「不過是家常用的東西。」

「媽媽把鍋子，碗筷都帶來了。」碧雲望了望興國，又望母親，以埋怨的口調說。

「還有呢？」

「那大網籃裡的是山芋。」

興國聽見涂媽帶了這些累贅的東西，唯有苦笑。她們母女也同時笑起來了。

「我們只好搭晚車去了。先把車票買好，行李託交過磅房裡，下午早些好了。涂伯母，你要買那一等的車票？」

「三等便宜些，買三等票好了。」

「三等擠得很，怕碧雲姑娘坐不慣。」興國說著望望碧雲。

「我不要緊的。吳先生如買二等票，請便。」碧雲這時候倒一點不羞怯，很爽利的回答了興國。

「不，我也買三等票，我去買吧。」

涂媽伸手進衣袋裡去，摸索了半天，才搜出一個小皮匣來。她很不好意思般，再打開小皮匣，撿出一張五元的鈔票來。

「那對不起你了。」她把鈔票交給興國。

興國在這時候，不免要注意她手中的荷包，看她的荷包內容，並不十分充實。涂媽拿著荷包，望了望周圍的人，才塞回衣袋裡去。她像擔心有扒手站在她的旁邊。興國看見她那樣戰戰兢兢的樣子，起了種憐憫的同情。

四　巨浪

到了K海口，涂媽托興國打了一個電報到H埠去，告訴晴雲，自己和碧雲坐那一隻輪船來，約莫什麼時候可以到了，要她派人來接。

「媽媽不要打電報去好些。到了H埠，住一天半天旅館，不花什麼錢，然後叫旅館的人送我們到姊姊家裡去不好嗎？」碧雲有幾分知道姊姊的脾氣，怕打了電報不發生效力，給吳興國看見難為情。

「不要緊，你的姊姊住在H埠闊得很，家裡有不少的底下人閒著沒事做，整天打瞌睡。她接到了電報會派人來招呼你們的。」吳興國這樣說，因為他是按常情判斷的。

涂媽也覺得女兒無論怎樣寡情，聽見母親和妹妹出來了，那有不派個人來招呼的道理呢，又不是要她自己出來，所以也贊同吳興國的提議，終把電報發了。

在海口等船等了三天三夜，涂媽母女在客棧裡住得非常心焦。她們住慣了鄉間的，忽然走到這樣喧囂的都會上來，精神總不得安靜。其次是在旅途中起居飲食都是十分不慣。最感痛苦的就是水的供給太不方便。他們母女都有點後悔不該冒冒失失就走出來。現在沒有辦法了，她們只望快點趕到目的地，看看前途有什麼幸福在候著她們沒有。

為節省旅費，他們三人同住一間有兩張床的大房子。涂媽和碧雲同睡一床，吳興國睡一床，這在碧雲是十分不願意的，雖然不算是一種侮辱，但她總當吳興國是有惡意的。她曾向母親力爭要分開房間來住，不要圖省那一點點的小錢。

「你曉得那一天才有船，一天省七角錢，兩天就省一元四角，夠二十多天的米錢了，好容易來這一塊幾角錢！」母親無論在什麼時候都以米價做用費的標準。

到了第三天，客棧的帳房來說，下午有船開向H埠的。船雖然小些但過了這只恐怕又要等三四天才有船了。她們母女是沒有海行的經驗的，只希望快點趕到H埠去，但吳興國從前搭過這隻M號，知道它擺動得非常厲害，他再看看風色，氣壓低下來了，曉得今夜裡在海上定有一番風浪，絕不是從無海行經驗的涂媽母女捱得住的。他想說再在K海門停留幾天，過了這次的低氣壓再走。但涂媽的旅費像不能再支持了，執意要就走。他只好決意徇從她們了。他想風浪無論怎樣厲害，總不至於打沉船吧。

吃過了中飯，客棧的夥計就來催落船。問他們什麼時候開船，說是三點鐘。在海口住了三天，有些行李解開了的，要重新打疊。涂媽母女又忙得流了不少的汗。

行李盡運出去了後，一個行丁招呼著他們同出碼頭上來。涂媽和碧雲站在碼頭上，看見了從前盡想像也想像不出是如何樣子的火輪船了。在鄉里時曾聽見人說，海上的洋船大得賽過三堂大屋，她們總有些不相信，她們想如果洋船有這樣大，就不沉沒也不會浮動的。她們站在碼頭上遠遠的望海面上的幾隻洋船，比縣城外江裡的篷船實在大得有限，這證實了從前村裡人說的話是玄虛了。

「我們搭的洋船是哪一隻？」涂媽偷偷的問興國。她以為靠碼頭的二三隻洋船裡面，定有他們搭的M號了。

「那邊頂小的一隻就是了。」興國指著泊在海灣中心的一隻小輪船給她看。

「不靠碼頭，怎麼樣過去呢？」她老人家著急起來了。

「要坐駁艇，搭划子到那輪船上去。」興國回答她。

不出她的所料，他們還要搭像一片木葉般的海面一起一伏的划子，她有點害怕了。

她再留心看客棧的夥伴們在落行李，落到一隻大划子裡去。那划子艙裡堆滿了行李。她再細心去查認自己的行李，只看見一個網籃，一個皮箱，一個圓籠，以外的都看不見。

「行李都來了嗎？」她再問吳興國。

「不要擔心。掉了他們要賠償的。」

「真的掉了，不是走不動了。」

「不會掉的，絕不會掉的。」興國嘻嘻地笑了。

她們坐在划子裡望周圍一起一伏的海浪，著實害怕起來。看看一個巨浪快要向自己划子上面打來，但只一會，自己像給人拋向雲端上來了般的嚇得涂媽頭暈眼眩，忙閉了眼睛，伏在碧雲的背上，不敢再看海面了。

划子在海面一掀一落的走了半個多時辰，才駛近輪船旁邊來了。同住一家旅館，同赴H埠都搭這只大划子來上洋船的，共有二十餘人。洋船兩邊的方形的進貨艙口打開著，划子上的客一個個爭先恐後地跳進去。他們都像以有這種特權——只有支那搭客才有出進這個貨艙口的特權——為榮。其他強國人是絕不敢進來的。

涂母和碧雲最後給旅館的夥伴拉著手才爬進貨艙裡來了。一走進來，她們便想嘔了，因為聞了一股從未聞過的臭氣。涂媽想洋船原來就這個樣子麼，有什麼好呢。她又看見地板上有許多像乾燥了的雞糞屙般的東西，她想，自己鄉下的粗窖板也比這艙板乾淨。但聽旅館的夥伴們說，今夜裡大家都要在這艙板上睡覺。她想，這樣髒如何睡得下去。

碧雲失了神般的痴站在一邊，望著旅館的夥伴們搬行李進來。她的胸口也一樣的作惡，真想嘔了，但不好意思，幾次都是極力忍下去。

約過了半個時辰，划子裡的行李都搬上來了。在艙板上堆成一個小岌崗。涂媽很留心的去細認，但數來數去，自己的行李總是缺少兩三件。

「我少了兩個網籃，碧兒的被包也沒有看見。」她對興國說。

「不會掉的，在裡面堆著看不見。」一個夥伴笑著對她說。

興國在這時候只是走過來問碧雲在划子裡好過不好過。又問她看見海，看見洋船的感想如何。最後又問她思念鄉里不思念。

「是的，我覺得還是不出來好。」她微笑著說。

「只一夜的工夫，明天上午就可以到H埠。對不住你們了，要在這艙裡委屈一晚上。」

「怎麼外國人的船也這樣惡濁？」碧雲在縣城裡看見過外國人住的房子，都是很講究潔淨的。她想，何以外國人管理的洋船便這樣骯髒不堪。

「這是貨艙，只有我們中國人省錢——其實是中國人窮，買不起頭等船票——才住在這貨艙裡。西洋人他們又不搭貨艙，管得它惡濁不惡濁呢。」興國忙解釋給她聽。

「頭等船票要多少錢？」

「十五元。」

「只一晚上要十五元？」碧雲吐了一吐舌頭，向興國微笑。

旅館的夥伴把他們的行李都清理好了。涂媽伸出一根食指在數點她的行李。一二三四……的數了一次又數一次，還是不錯，一共十二件，一件都沒有掉。

「行李都齊了吧。」旅館的夥伴笑著問她。

「多謝你們了，費你們的心。」涂媽笑嘻嘻地回答他們。一陣海風由圓窗口吹進來，她又聞著一種奇怪的臭味了，胸口作惡起來，她忙斂起笑容，只掌按著胸口，張開口，像要嘔的樣子。

「涂伯母，賞點酒錢給我們。」

她聽見了旅館的夥伴這樣對她說，但她不會回答，只聽見自己喉嚨裡「喔」、「喔」的響了幾響，她極力忍住。

「要嘔，拿臉盆過來。」興國忙這樣叫起來。

「臉盆呢？」一個年輕的夥伴故意翻過頭來問碧雲，她馬上直覺著他的歹意。

「在那個網籃裡。」碧雲指著一個小網籃告訴興國，不睬那個夥計。但是那個夥計忙走過去解開網籃的繩網，取出臉盆來送到涂媽面前。

涂媽看見有臉盆擱在自己面前，真的嘔出來了。正午吃進去的飯菜通嘔出來了。碧雲看見母親掙紅雙頰，在張開口喔喔的吐，連眼淚都嘔出來了，樣子怪難看的，她忙背過臉去，胸口也作噁起來，海風又送了一陣腥臭的氣吹進她的鼻孔裡來，她的喉嚨裡也作起響來了，胸口一緊，她的嘴自然而然地張開來，鼻孔一酸，雙行清淚就由眼眶裡壓榨出來了。那個年輕夥計很聰明，又從網籃裡取出一個洋磁漱口盅來，送到碧雲面前。她這時候無暇計論他討厭不討厭了，不一會她嘔吐出來的東西裝滿了漱口盅。

端面盆和漱口盅到艙面上去洗乾淨的還是那個年輕夥計。她看見他對自己母女那樣殷勤，心裡十分過意不去，覺得自己太對不起他了，剛才自己不該這樣討厭他懷疑他。

那個年輕夥計倒了一面盆冷水下來，給她們揩了面，漱過口，她們覺得鬆快了許多，胸口也不像未嘔之前那樣緊了。

「涂伯母，順風！給點酒錢給我們。」另一個夥伴說。

涂媽從衣袋裡搜出荷包來，再扭開荷包口，撿出小洋四角。送到那個討錢的夥計手裡。

「涂伯母，順風，高升一點！」那個夥記笑嘻嘻地說。

「我們飯都沒有得吃了，高升什麼！」涂媽半笑半惱的說。

「涂伯母太客氣了，行李有這樣多了，無論如何，要高升一點。」

那個年輕的夥計，站在一邊微笑著。他看見碧雲很難為情的樣子，便對那個討酒錢的夥計說，

「算了吧，連他們的也有好幾塊錢了。」

「真的是你的丈人婆嗎。」另一個夥計在笑罵那個年輕夥計。他的聲音雖然低小，但碧雲還是聽見了，不免臉紅起來，低下頭去。她聽見興國在對自己的母親說，「多給他們幾角錢吧。」

碧雲想，在這樣時候，興國該拿出幾角錢來給旅館的夥計的。於是她想到一路出來，每到計算錢的時候，興國對於自己母女都是彼此分得十二分清楚的。有時候，還有些地方使碧雲懷疑他有意想揩自己母親的油。她想何以男人一談到金錢，態度就是這樣認真的，她真有點不解。

「吳先生你不是也有兩件行李嗎？你的酒錢給了沒有？」涂媽這時候很不客氣的向興國這樣說。

「我也打算給他們兩角錢。」興國臉紅紅地伸手插入他的衣袋裡去了。

碧雲想，母親的話雖然很痛快，但她又怕它傷了他的感情，到H埠上岸時，他不幫忙招呼，如何得了呢？

結局涂媽加給了兩角小洋給夥計們，他們就搭舢板回岸上去了。

碧雲和他的母親在海上簸蕩了一夜，第二天九點多鐘，輪船停泊在Ｈ埠的灣港裡了。

在船中一晚上她們都像死人般的睡著，動彈不得，也吐嘔了好幾次。這時候要臉盆，要水喝，當然要勞興國動手了。碧雲本不想驚動興國，很想掙扎起來自己做。但是風浪太厲害了，才坐起來又昏倒下去，到後來只好發出哀怨的聲音去求興國了。興國也很盡心的服侍了她們一夜。於是碧雲對興國又感著一種親熱了。

五　默殺

船停輪了。一群短衣闊褲筒的壯漢蜂湧進又臭又黑的艙裡來。他們對於臭氣像沒有感覺般的。

「有到××棧的嗎？」

「有到××旅館的嗎？」

碧雲母女和興國正在收拾行李，捆被窩。

「吳先生，行李檢好了，請你到碼頭上去看看我的大女兒那邊打發有人來接我們嗎？我們先打了電報給她的。」

「我們要坐駁艇上去，這個船不靠攏碼頭的。」

「那麼，請你問那些人裡面有沒有由容家派來接我們的。」

碧雲聽見有點厭煩了。

「姊姊那邊怎麼會派人來接我們呢？她曉得我們的船什麼時候到來？我們該先進

客棧去的。」

「不錯，碧雲的話不錯。我們先進旅館，然後打發人去通知容公館。」

「進旅館不是又要多花錢？」涂媽也把她的理由說了出來。

「姆媽，你還不知道姊姊的脾氣嗎？我們到她公館裡去，她不會拒絕我們進去就算好了，還希望她派人來接！」

「姊姊那會就這樣刻，雖然說……」

「……」碧雲的神氣似恨她的母親太無理解了，低下頭去不說話。她的樣子像是在說「你看吧！」

「××棧的夥計！」興國在叫一個手裡拿有紅招帖的壯漢。

「真的落客棧嗎？再等一下看看，我的女兒那邊有人來沒有。」

「再等一會，客棧的夥記們走完了。你的行李又多，不好上岸呢。」興國也有點厭煩涂媽囉嗦了，聲音很急速的說。

涂媽怕自己的錢不夠，不願意進客棧。但到了這時候，只好不說什麼話了。

他們終進了客棧，由客棧的夥伴領到棧房樓上一間房子裡。她們在硬鋪板上坐了兩個多鐘頭，才見行李搬了來，點齊了行李已經是中飯的時分了。她們都覺餓了，茶房一送飯來，他們一氣的各吃了三碗。吃完了飯，碧雲說要洗澡，涂媽卻主張到晴雲家中去後再洗澡。母女爭執了一會，到後來只有碧雲一個人在客棧洗澡。因為她的見解和她的母親的不同，涂媽以為一到大女兒家裡去就可以享福了。但碧雲深知道姊姊的性格，預料到住在容家有許多不便，寄人籬下，好容易使喚他人家的底下人燒水洗澡嗎？

當碧雲洗澡去了的時候，涂媽便催興國趕快到容公館那邊去報信。興國把容公館的住址抄下來就出去了。

碧雲母女在客棧裡枯坐著等了大半天，等到上了燈火時分，才看見興國額角上流著汗跑回來。

「對不住，對不住，有勞你們久等了。」他一看見她們，便這樣說。「因為去看一個朋友，就給他拉住了，一同上館子去。我說有事要走，他死拉住不放，花了兩三個鐘頭。剛才到容公館那邊去，但那邊看門的人說，太太四點多鐘坐汽車出去了——這是她的慣例——他們作不得什麼主，要等她回來。但她回來總是在十二點以後的，要等到明天才可以去告訴她了。他們說，只好請你們在旅館裡歇一宵，明天定有人來接你們。」

涂媽聽見興國的話，當時感情就像夾在筷子上的一塊好肉，忽然滑掉在地面，給狗搶了去般的，異常掃興，但也沒有什麼辦法。她呆了半晌，不會說話。碧雲的態度倒很鎮靜，好像這是在她的意料中般的，不過臉上仍不免表示幾分寂寞的表情，走向騎樓那邊去望H埠灣內的風光了。

「我的女兒沒有接到我的電報嗎，在海口打給她的？」過了好一會，涂媽才顫聲地問興國。

「我沒有問他們接到了電報沒有，不過電報沒有不到的道理，如果住址沒有錯的說話。那電報是我經手打的，是××街十六號呀！」

涂媽很想當著興國的面發幾句牢騷，但一瞬間又覺得不妥當，因為一路來向興國說了不少晴雲的好話，此時若對晴雲發牢騷，那豈不是前後矛盾。於是終默殺下去了。

「你們吃過了飯沒有？」

「才吃過，茶房很早就開了飯來，因為等你，等了個多鐘頭，茶房來催了幾次，我們才先吃了。」

幾年沒有會面的母親老遠的由鄉里跑出來，並且預先打了電報來，涂媽意想中的晴雲一定是在收拾房間，準備茶飯，多買些酒菜，歡迎母親和妹妹。作算晴雲自己不便出來接她們——因為她是位旅長太太，有身分了——也定派一個人送汽車來。但是現在聽興國的話，晴雲對於母親和妹妹之來H埠，好像沒有感覺般——或許竟把昨天的電報忘記了——明知她們今天可以到H埠，但她竟一個人出去，不在家裡等她們，她這態度是何等的冷漠啊。

「這也不能怪她，只能怪吳先生。吳先生不早點到晴雲那邊去報信，只顧和朋友喝酒，喝醉了，耽擱了時候是真的。晴雲接到了自己電報時，定是很熱心的在等著的，不過等到下半天還不見有消息來，她定以為自己搭的輪船因為什麼事情耽擱了沒有到埠，所以不再等，就出去了。」涂媽又這樣的向自己解釋。

「你問了他們。我的女兒到什麼地方去了沒有？」

「那我沒有問。大概不是出去看戲，就是打牌去了。總之一切都要等到明天去了。」興國說著打了一個呵欠。

這時候碧雲由騎樓外走進來了。興國看了看碧雲，心裡像想著了一件什麼事。

「你們去看電影嗎？碧雲，我們出去看電影好不好？」

「……」碧雲看了看興國臉紅起來，低下頭去不做聲，她覺得興國的行動和說話確有幾分討厭。但他是個小白臉，外表的確有足以使她動心的地方，自己實在有幾分想和他接近，不過不好意思。

「怎麼樣，盡坐在客棧裡不悶嗎？」興國不等她們回答，重複問了一句。

碧雲看了看母親的神氣。

「夜裡出去不方便吧。」涂媽微笑著說。

「這裡不比我們鄉下縣城裡，在H埠夜裡比白天鬧熱，街上的人也比白天多。不看電影，就到N園去喝喝茶聽聽唱書也好。一場到這地方來，也得去看看。」

「以後長住在這裡，還怕沒有時候去看嗎？」涂媽很有自信般的說。

碧雲想母親太不自量了。她在盡想姊姊會如何孝順她，如何陪她到各處有趣的地方去玩，以後如何可以在H埠享福，這完全是她的夢想。住在姊姊家裡決沒有這樣自由這樣舒服的。

「你老人家是長住在這裡。碧雲不是說就要到省城去嗎？那該讓她在這地方看看鬧熱。」

「不一定喲。或者我到省城去，留她在她的姊姊家裡也難說。這是她的哥哥的意思。……」

「那你老人家喜歡住在這裡。還是願意到省城去呢？」

「我隨便，什麼地方都可以。H埠繁華，晴兒家裡也比阿東兒家裡過得去些，讓她住在這裡。過一兩星期，我還是到省城阿東的家裡去吧。」涂媽說了後，望著碧雲笑了笑。

碧雲想，何以母親也這樣不誠實，這樣可鄙。她自己明明不願到哥哥那裡去，她怕不能和嫂嫂相安同住，心裡只擔心姊姊不答應她住在H埠，而要自己向姊姊說自願到省城去。至於自己，對兩方面都不能滿意的，不過比較起來，住哥哥家裡或者比姊姊家裡不拘束。但一想到母親勸自己住到哥哥家裡去的話，又有點不願意表示自己的意思了。

六　發牢騷

第二天早晨九點多鐘，興國又向容公館走了一趟。門房說，太太昨夜沒有回來，大概今天十二點鐘才得回來。總之一點鐘前後定會有人來接她們。

興國回到客棧，把這些話告訴了涂媽母女。涂媽滿肚子不樂意，但也說不出什麼話來。

「丈夫不在家，年輕的女人怎好在外面歇夜呢！」涂媽很想這樣說一句，但想了想覺得不妥，這句話對碧雲說還可以，興國在面前是萬萬說不得的。但一想著晴雲的冷漠，又不免有幾分憤慨，十分想找個適當的對手，發幾句牢騷，說她幾句歹話。

最漂亮最寬敞的正樓房，有完全的陳設，有彈弓床，沙發椅，梳妝臺等等的洋房子給自己做寢室。新被褥，新毛氈也怕早購置好了，專等自己到來受用。自己到來後，晴雲定整天的忙著替自己添置新衣裳——在H埠流行的時裝。零用錢一個月至少也有三五十塊。每天三餐兩點心是定了的，正餐大家一同吃，點心恐怕是由丫頭送到自己老人家房裡來——或者由晴雲親自送進來。容公館裡的一切用事人都老太太前，老太太後地奉承自己吧。這是涂媽由鄉下動身時直到昨天到這客棧時止的想像。但到了現在覺得這種想像有些靠不住了。

吃過了中飯，又等了兩個多鐘頭。茶房來說，××街十六號容公館派一輛汽車來了，要接涂老太太和小姐過去。

「你們不是和容旅長的家裡有親？」茶房笑嘻嘻的問涂媽。

「是的，容旅長就是我的女婿！」涂媽這時候又得意起來，笑著回答茶房。只有碧雲聽見心裡有點難過，臉紅起來。她想，聽人家說，容旅長的姨太太不只一個，他一個人就有好幾個在他不值錢的岳母，這有什麼稀奇，也值得這樣得意嗎？

涂媽的衣服鞋襪早穿好了，只有碧雲還沒有準備換衣裳穿鞋襪。涂媽於是埋怨碧雲，不該這樣不作緊，要挨到汽車來了後才這樣著急。

「忙什麼？一會兒就穿好了的。催著這樣急做什麼？遲了一刻半刻，姊姊就不許我們進她的門了嗎？這有什麼好著急的！」碧雲看見母親催促她換穿衣服，心裡感著一種不滿。

「汽車來了，不好叫他久等在這裡吧。遲早要到姊姊家裡去的，早一點去不好嗎？」涂媽心裡還是不舒服，在為自己辯解。

「那麼，媽媽自己先坐汽車去，我隨後坐黃包車來吧。我記得住址的，××街十六號。」

「那不行！我們不一路去，面子不好看。」涂媽覺得這個小女兒的性情在鄉里時絕不是這樣乖僻的。

「要投靠姊姊，面子已經不好看了。」這句話才躍上了她的喉頭，又給她抑住了。她想，真不湊巧，恰恰這時候興國出去了，還沒有回來。她真想聽從興國昨天告訴她的話，不再到姊姊家裡去，就和他一路搭車到省城哥哥家裡去。假定哥哥家裡也不能住，再聽從興國教給自己的方法，自己去找職業去。興國說，現在是革命的時代，女人和男人一樣很容易找職業了。

她昨天晚上，因為要買牙刷，毛巾，肥皂等零星用品，跟興國出去在街路上轉了一會。最後興國邀她到一家喫茶店裡喝咖啡。她對興國本來沒有什麼特別的傾慕，但是她覺得她自身現在的狀況——來到H埠後的狀況，實在有些像失了磁針的輪船，前途渺渺茫茫。興國雖然不是個一定可靠的人，但在目下和自己最關切的，只有他一個男性了。他在昨夜裡對自己的態度也十分真摯而莊重。他說了許多話，只是對自己表示同情，並沒有露出半點可疑為對自己懷有什麼野心的話來。起初以為他是在懸想自己，這完全是自己過於自負了，完全是自己的誤察。碧雲想到這裡，不禁臉熱起來。

興國昨晚上也曾對她略談到關於選擇配偶的話。她才知道他對她完全沒有意思。他的理想非常之高，好像在說，像她那樣的女子，他是不置眼中的。碧雲當時聽見感著羞恥同時也起了反感。這樣一來，她對他的態度反為自然起來，不像以前那樣的忸怩了。

碧雲主張要等興國回來後走？涂媽卻不以為然，她主張快到晴雲家裡去，一切事情才能夠弄得定著。

她們正在爭執，恰好興國回來了。

「吳先生，我們要走了。容公館已經打發人來接了，汽車也來了。」涂媽一接著吳興國，便滿面堆著笑容說。

「吳先生，客棧的用費勞你叫帳房算一算好嗎？」碧雲很通達世情般的，向興國說了後就看看她的母親。

「啊呀，我把棧房的帳都忘記了。是的，要勞吳先生費心向帳房算一算。不過此刻來不及了吧。今天夜裡或明天請先生到容家來一趟好嗎？」

「那不要緊，我會叫他算清楚。你有錢，留下來也可以，明天我到容公館去拿也可以。」

「我這裡不夠錢了。只好向我的大女兒借了。」涂媽說了後，在嘻嘻地笑。

「要不了很多錢吧。只住了一天，我想要不到五六塊錢。媽媽，你那邊不是還有錢嗎？」

「不夠了。我說不夠了就不夠了。我有錢還要你多嘴！」

碧雲低了頭，不做聲了。

「我送你們到容公館去好嗎？有汽車坐，我也揩揩油。」興國笑著說。

「那很好的。」涂媽又笑起來了。

由容家來接涂媽母女的是一個四十多歲的男人，穿得很樸素，大概是容家的家丁了。

他們都走出客棧門首來了。涂媽母女及興國三人坐在汽車裡，那個家丁在前頭和汽車伕並坐著。

「行李怎麼樣？」涂媽又在擔心她的行李。

「不要緊，等一下會送到來。」興國接著說。

涂媽也不便再說什麼話了。

興國對著她們，坐在一個方形的掛椅上。汽車嗚嗚地在堤岸馬路上走得很快。她們都忙於看沿途的景象不說話。興國也貪看著碧雲，怕擾亂了自己的心情，不想說什麼話。當碧雲望汽車外的街店時，他便不轉睛地注意著碧雲。她有時略一翻首，看見他在貪看自己的痴態，不免雙頰緋紅，再忙翻首過去看車外的街道。

——這個人真討厭，昨夜說起話來君子般的。但是現在又是什麼樣子呢？碧雲近二三天來也覺得自己奇怪，何以一想到興國，心頭便重贅起來。說是自己在思戀他，這決沒有的事。但是何以自己時時刻刻又在留意他的事呢？

不一會，汽車在××街第十六號前停住了。未到以前，涂媽的想像以為容公館定是一家十分闊壯的高樓大廈，門首也定有寬大的庭園。但是由汽車走出來看時，不過是一間和商店差不多，只比較整潔一點的三層樓洋房子。外面有一重矮矮的圍牆，一邊有一道鐵柵門。這條街道看去像都是住家，沒有做生意的店面。街路上走的人也很稀少，冷靜靜的。

那個家丁走前去，按了按外門上的電鈴。不一會，有一個年輕人打開裡面的一扇玻璃門出來，再把鐵柵門打開。碧雲看見他滿臉的不高興，心裡就感著不快。

——他也知道我們不過是一種食客吧。主人不歡迎我們，他們才敢這樣傲慢。

碧雲真想立刻回旅館去，然後和興國一同赴省城。他想，投靠別人總不是個長局。現代的女子該自己去求個獨立的職業才對。

「請進去坐嗎。」那個家丁伸出只腕招呼他們三位進裡面去。

涂媽想，怎麼晴雲不見出來呢？聽見母親妹妹來了，該趕快跑出來迎接才是個道理。她的剛才展開了些的笑容又黯滅了。

興國在前面走，涂媽跟著他，碧雲最後，走進裡面來了。門側擺著一個衣架。抬頭一看，右側是一道扶梯，通到樓上。才從外面進來，涂媽覺得屋裡十分幽暗。

「請到客堂裡坐坐，我去請太太下來。」那個年輕的人向興國說，說了後向碧雲溜了一眼。碧雲想他是在看輕自己的衣服太不時派了吧。

和衣架斜對面有一道門，給那個家丁打開了。裡面是很寬敞的會客所，陳設美麗。涂媽想，這樣精緻的房間，真是仙洞了，有生以來，算是初次看見的。

那個家丁倒了三杯茶進來，分送給這三位客。涂媽喉乾，早就想喝茶了，茶杯一接到手，一口氣喝乾了。她喝了後，才感著一種香氣。

「這茶真香！」她驚異起來。

碧雲看見母親那個樣子，很替她難為情。

「茶葉裡面混有茉莉花吧。」興國笑著說。

「好好的茶葉加入這些東西做什麼，他媽的！」涂媽在鄉里說慣了許多粗鄙的口頭話，這回在旅途中謹慎了幾天，此刻喝著了這種香茶，高興起來，失口又說了「他媽的」出來。

興國笑了。碧雲臉紅紅地低了頭。

七 清算

三人在客廳裡坐了半晌，看見剛才那個年輕侍僕走進來，笑嘻嘻的說，「請各位稍等一刻。太太說，她的手風正好，一時不能放手，打完了這圈就下來。」那個青年說了後，又在注視碧雲了。

「什麼？什麼？」涂媽像沒有聽清白什麼話向著興國問。

「啊，他說容太太打麻將，正在贏錢的時候，放手不得，等一會才下來。」碧雲看了看興國，她的心裡真是難過。雖然她深知道姊姊就早點下來見面，也不會有什麼特好處，不過盡坐在這裡等，更像待決的死囚，異常痛苦。

「她在樓上打牌？」涂媽臉上表示出十分的不高興。「要等多少時候，讓我上去看看她。」她看那個侍僕好像看不起她們，所以她這樣說著向他表示自己是老太太。

「上去不得，很多客在高頭。」那個僕人忙阻著她說。

「什麼客人？是鄰近的太太們嗎？」興國問那個人。

「不，也有男客，都是在省城有職分的。」

丈夫不在家，晴雲每天夜裡出去不回來，白天又招了許多的男女客在家中聚賭。在涂媽，這是破天荒的奇聞。她差不多忍耐不住，要哭了。她恨不得見著晴雲發作幾句。但是今後要向女兒討飯吃了，怎麼能夠像從前一樣向晴雲主張母權呢。

又過了好一會，才聽見扶梯上有腳步聲和笑聲。

「不要緊，你們儘管打牌吧。她們都是鄉下人。用不著客氣，我一會就來啊。」

涂媽想，這是晴雲的聲音麼。驟然聽來，又有些不像。她的胸口正在突突地跳動，一個豔裝美人走進客廳裡來了。

「啊，媽媽！你的電報來說，昨天就會到來。害我等了一天，等到四點多鐘。因為……」晴雲說到這裡，才看見興國坐在客廳的一隅。「啊，這位先生還沒有請教。媽媽和這位先生一路來的？」

「是容太太嗎？敝姓吳……」興國也忙從椅子上立起來，笑容可掬。

「不要拘禮，請坐。」果然晴雲一點不客氣，還沒有等到興國坐回去，就在一把椅子上坐下來了。

興國細細的觀察晴雲的一身，覺得她是徒有其名。從小有美人之稱的晴雲就只是這個樣子嗎。體格比妹妹瘦小，肌色比妹妹蒼瘦，剛才一接眼所受的美豔的印象，完全是由於她的服飾。她的臉上雖塗著多量的白粉和胭脂，但是潛伏在粉薄膜下面的蒼黑，終給他的細密的觀察發見出來了。碧雲雖然是粗裙布衫，但他的體質是健康的，肌色也比她的姊姊白皙，她的雙頰上常有的紅味就是健康美的象徵。興國當時更深信美人的第一條件是在健康了。

「妹妹也長大了——」晴雲過了一會注意到碧雲來了。給姊姊這麼一說，碧雲便臉紅起來。

「十七歲？十八歲？」晴雲又笑著問。

「十七歲。」涂媽忙替她答應。「你自己幾歲了？你比她大八歲的。」

「我比妹妹大八歲？媽記錯了吧。我今年廿五歲了？我不相信我就這樣老了。」

晴雲斜睨了興國一眼，狂笑起來。「吳先生你今年多少歲數？」

「我？」興國很敏感的也回給她一個微笑。「我忘記我的歲數了。」他們談笑了一會，碧雲覺察出姊姊在談話間，時時刻刻都注意著吳興國。於是她也不免望望興國對於姊姊的注視，表示如何的態度。碧雲所驚異的就是他們像舊交般說了許多有趣的話。晴雲也時時向興國作有意義的微笑。

「吳先生就要回省城去嗎？」

「不。在H埠有幾位朋友——畢了業的先輩——留我在H埠多耍幾天。省城不比這裡好玩。回到學校裡去更拘束了。所以我也想在這裡多住幾天。」

「吳先生不是說明後天就要趕回省城去嗎？」碧雲想當場這樣質問他，但怕引起他們的反感，終又默殺下去了。

「吳先生不是說假期滿了嗎？」涂媽問興國。

「不要緊。假期雖然滿了，遲十天八天也不要緊的。」

「你又說你的軍官學校不比一般的學校，規則很嚴。」

「規則是很嚴的。不過我和校長感情好，我們又死心塌地擁護他，就犯點規則，也不至於除名的。」興國接著又歌功頌德地說了一大篇話，稱讚他的校長如何好，如何有德望，如何本事大。……她想興國這樣極口稱讚校長，當然他也是校長的私人了。

興國坐了一會，打算回客棧去了，忽然想起涂媽母女的館帳還沒有清算。

「涂伯母，客棧的帳我回去叫他們結算。帳單明天我送來。」

涂媽給興國提醒了，便笑著向晴雲說：「阿晴，你有錢請代我交十元給吳先生帶回去。客棧的帳還沒有付呢。」

「怎麼？你們不把旅費籌足，就動身來這裡嗎？還要……」晴雲說到這裡，看了看興國，勉強笑了笑，從衣袋裡取出一個荷包，再打開荷包，撿出一張十元的鈔票交給興國。「那麼，費吳先生的心了。吳先生如果嫌客棧裡不方便，就搬來我家裡暫住幾天也使得。」

「不客氣，不客氣。」興國一面走一面笑著這樣說。「明天我準定來。」他翻過頭來向晴雲作個有意思的微笑，然後又望了望碧雲就走了。

八　羞愧

興國走了後，晴雲的臉色又陰暗起來，說話也不像剛才那樣高興了。她叫一個婆媽來，把涂媽母女的行李一件一件的搬上樓上去。

「三樓後樓房收拾好了沒有？」晴雲問那個媽子。

「剛才收拾好。」那個媽子一面提行李，一面回答她的女主人。

「媽媽，H埠的人多了，房子不容易找，房錢又貴。像我這個房子，每月租金就要八十五兩銀子。多用了兩個人，就擠不下來了。只有三樓的後樓房在空著，只好請媽媽和妹妹在那間房子暫時委屈下。二樓後樓房講究些，但給超凡的一位朋友占住了，他再過兩星期就要回省城去的，等他走了後，你們就搬進去住。三樓後樓房，白天裡天氣熱些，你們可以到樓下來坐，客廳裡頂涼快。」晴雲說了一大篇話，但涂媽母女只聽見她翻來覆去說三樓，二樓，前樓房，後樓房，哪裡好，哪裡壞。至於她說的話是什麼意思，她們一些也沒有聽懂。

過了一會，涂媽母女走到三樓的後樓房裡來了。涂媽看這間房子也不能說比鄉里的房間不乾淨，不過實在太狹窄，要容兩個人，實在太窄了。一進房間，靠左的壁邊有一張木床。涂媽想，晴雲是叫我們母女兩個同睡一張床上的。床位正面向著窗口，由窗口外望，看不見什麼，只有人家晒臺上晒著的衣服，太陽光從窗口流進來，晒滿了地面，看它的斜射方向，知道那窗口是朝西偏北。碧雲想，姊姊的住間是二樓的前樓房，它的前窗和這個窗口的方位恰相反，是向東偏南了。窗兒要朝東南才是好房子，冬暖夏涼。快要熱天了，這個窗子朝西北，並且又在三樓上，如果要在這間房子裡過一個夏天，那就要收拾母親的老命了，因為母親是十二分怕熱的。

那個婆媽很不高興地把涂媽的兩三件小行李和被包等拿上來了後，頭也不回顧，就走下去了。她們初以為那個媽子會順手把被包解開，把寢床鋪好。今看見那媽子這樣驕傲，碧雲向母親苦笑了一陣，只好自己來動手了。她們在鄉里做慣了的，不覺得有什麼難，也不覺得是受了侮辱。

碧雲伸手在床板上和床柱上摸了一摸，五根指頭就染成黑色了。她伸了伸舌頭，把弄髒了的指頭給母親看。

「媽，下去拿臉盆打一盆水上來。這張床像沒揩過，還滿堆著黑塵灰呢。」

「你的姊姊太把我們不當人了。」涂媽氣得一雙眼眶紅起來了。

「這怪不得姊姊，姊姊定吩咐了婆媽們去收拾，婆媽們躲懶沒有來收拾是真的。你看，地下不是沒有掃嗎？」

「整天的顧著賭博，自己不做也算了，但來看著婆媽們收拾不是應該的嗎？」

「我看姊姊絕不會到這間房裡來的。你看婆媽們不是住在隔壁房裡嗎？姊姊有了身分了，怎麼還會走到底下人住的地方來呢？」

「有了身分便不認識母親了嗎？也該想想自己的身子是從那裡來的！」

「媽媽你總是這樣不明白道理。這些老古代的話拿到現代來說是不對了的。現代的人哪一個不是先圖自己的生活舒服。想靠子女過活是很難的。」

「那你日後嫁了人也和姊姊一樣薄待母親嗎？」

「我不嫁人的。我發誓不嫁人。我看男子沒有一個不是自私自利的。嫁了這類男人，結局是自己吃虧。」碧雲若有所感般的，說了後微微地嘆口氣。

「像這個樣子，我們在這裡怎麼住得長久。」

「我想，還是到哥哥那邊去好些。哥哥比姊姊窮得多，但是窮的對窮的，比較容易相安。窮的和富的，生活完全不同，好像住在各個世界裡，遲早要衝突的。」

「不過你的嫂嫂不知是怎麼樣的人，不是我作主娶的，恐怕不聽我的話吧。」

「媽媽，你的話又說錯了。不管住在哥哥家裡或姊姊家裡，吃閒飯不管事是定了的。你要多問他們的事，那就是自己討苦吃了。到哥哥家裡去，你只替嫂嫂抱抱小孩子就好了，什麼事你不要管。」

「你做什麼呢？」

「……」碧雲低頭不做聲。她想起興國對她說的話來了。

她決意到省城去自尋職業了。她本來想將這意思告訴母親，但重新一想，找職業要靠興國幫忙，但看興國剛才的態度，她又有點喪膽了，所以不敢告訴母親了。

涂媽母女忙了半天，才把地下掃好，把木床臺椅揩乾淨。兩個婆媽望著她們勞苦，也不過來幫幫手，只站在一邊笑。

「窮人志氣低。你看底下人都在笑我們呢。」涂媽氣得不能再忍耐了，對碧雲說了這句話。碧雲只微微笑著不回答。

她們勞動了兩三個鐘頭，覺著有些餓了。但電燈亮了，還不見有人來招呼她們去吃飯。涂媽餓到不能挨了，從網籃裡取出些在途中吃剩的餅乾來吃。又過了半個多時辰，才見那個老媽子走了來，請她們下去吃晚飯。

涂媽母女走到樓下客廳後面的餐房裡來了。一張圓桌上只排著兩個人的碗筷，正中有四盤兩中碗的菜色。涂媽想，怎麼只備自己兩人的碗筷，晴雲到哪裡去了呢？她想這樣實在和客棧裡的招待差不多了。

「太太因為約了朋友到外邊吃飯去了。她走時吩咐請你們不要等她。」那個媽子看見涂媽的疑惑的樣子，才這樣地解釋給她們聽。

涂媽餓極了，不管三七二十一，忙坐下去，媽子便盛了半碗白飯來。涂媽想，為什麼只盛半碗，裝滿碗來不好麼。她再望望桌上的四盤兩碗，也並沒有什麼出奇，一盤臘味，一盤牛肉蘿菔，一盤炒肉絲，一盤鹹魚，兩碗豆腐清湯，她想，這樣菜色是比客棧裡的稍微好一點。伸筷子去夾來一嘗，都是冷了的。尤其是那豆腐清湯和冷水一樣，一滴不能喝。涂媽問碧雲，可不可以叫媽子再拿回火廚裡去熱一熱，碧雲說不要再去惹人討厭了，麻麻胡胡吃了算了。

涂媽母女在H埠住了五六天了。她才略略知道晴雲的習慣。她每天睡到十一二點鐘才起床。起了床後有時候陪她們吃飯，有時候又一個人在她房裡吃飯。到了下午一兩點鐘，就有男男女女的客來會她，或在她房裡抹牌，或約她一路同去。至於晚飯是從沒有在家裡吃過的。作算在家中和客人們打牌到了五六點鐘，也要和客人們同乘汽車出去。在她為有空閒的時間，只是吃過中飯後，客人們沒有來以前的一個半個鐘頭。涂媽自到H埠來，像還有許多話沒有向晴雲說。她到後來，知道了這些情形，一天吃過了午飯略休息片刻，就到晴雲的房裡來。

「大姊今天不出去嗎？」涂媽走進晴雲房裡來，看見她坐在梳妝臺前塗口紅。她從鏡裡看見了她的母親，就蹙起眉頭來。

「遲下要出去也說不定。有什麼事？」晴雲翻過身來請她的母親坐。

「妹妹呢？」晴雲接著又問碧雲，因為她在這時候才意識到碧雲自來H埠後沒有到過她的房裡來。

「她在三樓……」

「怎麼不下來談談呢？」晴雲覺得近幾天來自己的態度過於冷淡了，心裡雖覺得老母親討厭，但也勉強裝出和藹的樣子來招呼。

「她想早點到省城去，所以叫我來和你商量一下。晴兒，我也老了……」

「她要到省城去？在先不是說媽媽到弟弟那邊去住，妹妹留在這裡嗎？」

「我也想到省城去看看你的弟媳婦，順便送碧兒去，在那兒住一二個禮拜，再回來你這裡住。」

「哪由得你們！本來房子是窄了一點，但也沒有辦法。三樓那個房子住兩個人，實在太擠了點。碧妹如果不情願在這裡住，我也不勉強去留她。她要到弟弟那邊去，就讓她去好了。你老人家如願意在我這裡住，就替我招呼招呼廚房的事也好。到省城去雖然不遠，但一上一落，也夠麻煩。到秋涼時候，我要到省城去一趟，那時候一同去吧。現在讓妹妹先去好了。」

「年輕的姑娘好叫她一個人走嗎？」

「怕什麼！先給一個信給弟弟，叫他按時到車站來接就好了。就一個人又怕什麼，行李莫帶多了。火車到了後，叫一輛黃包車，把弟弟的住址告知車伕拉到去就好了。」

「她也是這樣說，不過要向你商量的……」

「還有什麼事呢？」晴雲打了一個呵欠。

「就是到省城去的旅費。」涂媽預先裝起笑容來說。

「那要不了許多錢，三等車票只要三元四角錢。媽媽你身邊真的一個錢都沒有了？」

「有是有幾塊錢，不過我要留來作零用。」

「住在我家裡要什麼零用錢？要也要不了許多。你把你的錢通給妹妹吧。以後要點錢用，向我要好了。媽媽你一天用得了一角錢麼！」晴雲笑著問她的母親。

「……」涂媽想自己在鄉里是吃三頓飯的。到這裡來減為兩頓飯了。自己在鄉里，天還沒有亮就起床。到這裡來，每天睡醒後，還要睜著眼睛在床上過幾個鐘頭，肚裡就像雷鳴般地作響。到了九點十點才聽見老媽子們起床。有時候她也早起過床來，但是全房的門窗還是緊閉著，異常黑暗，只好再回去睡，睡到聽見老媽子們起來了才起來。這時候她們真餓得不能挨了，聽見有賣早點的，便忍不住要買幾件回來充飢。她真夢想不到H埠的點心這樣貴。近三四天買早點的錢已經去了塊多錢了。涂媽想長在這裡住下去，自己的十餘元不消一個月就會因買早點而用完了。若給五元給碧雲到省城去，那更難了。晴雲因為墊了十元的館帳，說了許多閒話，所以近來不敢向她提錢的事。以後想向她要錢，也怕很難的，她想。

「怎麼樣？一天用不了一角錢吧。」

「買早點的錢就不少。」

「買早點？家裡煮有稀飯，買有油條，你沒有吃嗎？我們起來得遲，不吃早餐，吃了早餐，正餐吃不下。」

「你們家裡早晨燒有稀飯嗎？」

「有的。八點多鐘吃早餐，愛吃的都到火廚裡向大司務要。」

「哪裡？八點多鐘，門窗還沒有開呢。」

「樓上是這樣。你要到下面廚房裡去。」

涂媽聽見，後悔起來了。曉得每早有油條送稀飯，就不該花錢買早點的。恨只恨自己醒來太早，再睡回去起來時，又過了早餐的時刻了。她又想，這屋裡的婆媽就奇怪，有許多事情要她們做都差遣不靈，只有叫她們買早點，就爭先恐後地跑了來。

塗媽正在思索，晴雲忽然問她。

「那麼，碧妹打算什麼時候動身到省城去呢？」

「原來吳先生約好了她，前三兩天就該動身的。不曉得怎麼樣，這兩天不見他來了。」

「吳先生？他接到他學校的電報，搭昨夜的快車到省去了。」

「真的嗎？也不來說一聲，太沒人情了！」

「他臨走時託了我問候你們。我回來時，你們又睡著了，過後就忘記了。人家有急事，來不及通知你們，怎好怪他呢？」

「不是怪他。碧兒早要動身的，因為他來說可以一路走，所以擱了一天又一天。碧兒等得不耐煩，才打算一個人先走，不等他了。」

「……」晴雲的鼻孔裡哼了哼，像在冷笑。

「他既然走了，不必去說他了。現在只想向你借點錢。她要旅費，就到了省城後，也要錢用。你比東弟，手頭上總鬆一點，望你幫助她一下。」

「我家裡的有兩個多月沒有寄錢來了。自三月初寄了一千元來後，用了三個多月，早用光了。現在還是借人的錢過活。我剛才不是說你身邊有錢先借出來給她，以後你要錢用，由我這裡把你好了。」晴雲說了臉色有點不高興起來。

涂媽想要再說話，那個年輕的家人走上來了——不問晴雲房裡有人沒有人，就公然地打開房門走進來。看見涂媽也在房裡，臉上才露出一點羞愧的神氣。

「太太，鄭家的太太和小姐來了。」

「為什麼不請她們上來？」

「她們的汽車在等著，要你一路出去。鄭太太說，就請你下去。」

歡樂的微笑登時在晴雲的臉上展開來。她不顧她的母親，走出房外，一直跑向樓下去了。

涂媽看見女兒的這樣的態度，著實有點氣憤。她痴坐在一張椅子上，一時不會立起來。

「涂老太太！」

涂媽駭了一跳，忙抬起頭來。她看見老媽子站在房門首。

「什麼事呀？」涂媽問她。

「太太叫我來鎖好房門的。」老媽子說了後，站在門首像專等涂媽出去。

涂媽氣得滿臉發黃了，她機械地站了起來走出她的女兒的房門。她想，不單女兒，連女兒用的婆媽也看不起自己來趕自己了。

她垂頭喪氣地走上三樓後樓房裡來。

九　照料

碧雲聽見母親報告了和阿姊商量的結果後，決意於當晚動身，搭九點三十分的夜車到省城去。

碧雲的行李很簡單，只帶了一個手提藤箱，和一個被包。母女兩人由容公館出來時，晴雲還沒有回來。她們各乘一輛黃包車，抱著行李，趕到車站來時，距發車時刻還有二十分鐘。

車站裡擠著不少的人，她們看見有點害怕，胸口自然地悸動起來。

「碧兒，你買車票去，我在這裡看著行李。」

碧雲不知道在什麼地方買車票，又看見滿車站都是男人，想問都不敢問。但是自己不去買，難道要母親去買嗎？於是她感到在旅途中，還是少不了男人照料。

——只差二十分鐘了，不能再擔擱了，趕快買票去吧。

她正在困惑中，忽然聽見有人在叫，「涂伯母，涂伯母！」她和涂媽同時跟著聲浪來處望去，看見一個年輕人穿著一件很樸素的竹布大褂，手裡拿著一頂氈帽，向這邊來。碧雲只覺得這個人很面熟，但想不起是哪一個。

「啊！不是蕭四哥嗎！怎麼你也在這個地方呢？」

碧雲聽見母親的話，才憶起這位是從前父親做生意時在鄰店賣湯圓的蕭昺伯兒子蕭作人，他的排行第四，所以縣城裡認得他的人都叫他做蕭阿四。他從小就出門，走了幾年了。碧雲真佩服母親的記憶力好。

「涂伯母，我真想不到能夠在這個地方碰見你們。你們幾時出來的？」

「出來不久。她要到省城她哥哥那邊去。」

「我也是回省城去的，就搭這個火車。在省城，我也常常看見秉東哥。」

「那你買了車票沒有？」碧雲這時候很心急，忙問了這一句。

「買了。」蕭從衣袋裡取出車票來給她們看。

「那請阿四哥替她去買張車票好嗎？」

「好的，好的。」

涂媽交五元鈔票給蕭，他接了錢，就匆匆地向那邊人叢裡去了。

「時候不早了，買好了票到月臺上去再談吧。」他臨去時，笑著向涂媽點了點頭後，再向碧雲溜了一眼。碧雲想，何以一般男性總是這樣討厭的。

不一刻，蕭作人回來了。把買來的車票交給碧雲後，從衣袋裡抽出一條手巾來揩額上的汗珠，一面揩一面說話。

「快點去，還差九分鐘就要開車了。」

他說了後，伸過隻手來提著碧雲的被包就走。碧雲想，這個人真是奇怪，何如這樣冒失，這樣一點不客氣。但她在這時候，只好提起手提藤箱跟著他來。涂媽也跟在後頭走進月臺上來了。

涂媽也擔心這位蕭四哥莫非變成了歹人了。他那樣親切的態度有些和人家不同。晴雲不是說，三等車票只要三元四角麼，何以剩下來的一元六角不見交回給自己呢。莫非他要等下才交回給碧雲？碧雲已經先拿了二元去了，再加上這一元六角，那太多了，還是向他要回那一元六角來吧。

「你進裡面去接行李。」蕭把被包高高的抬造成車窗口來了。

碧雲臉紅紅地只好先走進車廂裡，把捆得緊緊的小被包和手提藤箱接了進來。

「蕭四哥，你沒有帶行李嗎？」碧雲聽見母親在問蕭。

「我今早才搭車由省城來的。我一星期要來H埠二三趟。有時候來不及搭車就在H市開旅館，用不著帶行李。」

碧雲看了看車裡的設備，和自己由縣城到K海口時坐的火車大相懸殊，也整潔得多。兩個座椅中間都夾有一張桌子。她想到自己要和蕭就這樣地隔一張小桌對坐到天亮，不免臉熱起來。她再摸了那張車票出來，在電光下一看，才知道蕭替她買的是二等車票，她的胸口再悸動起來，對蕭有點感激，但又有幾分懷疑。他特為自己買二等票，到底是好意還是歹意呢？

她正在痴想，又聽見母親在外面問他，「你在省城什麼地方做事情？」

「在總指揮部的庶務股。」

「那很好出息？」

碧雲這時候靠著窗沿，伸頭出來望月臺上。但她沒有漏聽了母親和蕭的會話。

「沒有什麼好處，一個月只八十元薪水。」

「八十元！八十元還不算好出息嗎？」

「省城什麼東西都貴了，只八十元有時還不夠用呢。」

「你來 H 埠做什麼事呢？」

「那不好說，這是說不得的。」蕭說了後哈哈大笑起來。

「那有什麼要緊。難道你有什麼祕密不便告訴人的嗎？」

涂媽也笑著說。

「因為不是我自己的事，是替人家做的事情，所以不便告訴你們。至說祕密，算不得是祕密的事吧。」

「替人家做事，那不是更用不著祕密了嗎？」

「告訴你一點點吧。我是替大人物帶錢來 H 埠的。」

「帶錢來 H 埠？什麼人的？」

「那不能說。」蕭這時候斂起笑容說，好像是在警告涂媽，不要多追問。

「帶多少錢來呢？」

「這次不算多，但說出數目來，也會把你嚇倒。」蕭這時候伸出五根指頭來。

「五百元？」涂媽睜著驚異的眼睛問。「如果我有五百元，夠我一生的吃穿了。我在今生今世，恐怕沒有福分得五百元的大款了吧。我以後真要多多修心吃素，看來生能不能得到五百元。我們耕田人畢生勞苦，長年流汗，也怕掙不到五百元的大款吧。大人物到底是大人物，說一句話，舉一舉手，可以馬上得幾百元。蕭四哥你也算不錯，你每月清清閒閒也可以拿八十元。你們這些大人物，這些要人，有這許多錢，真不知從哪裡來的。莫非大人物有穿底眼，挖中了金銀礦嗎？」

「五百元也值得你這樣大驚小怪嗎？我這次帶來H埠的不是五百，還要加一個萬字，這次的數目還算是小的。」

「五萬！那得了！那得了！五萬塊錢不裝滿了一房子嗎？蕭四哥，你莫騙我老人家了。我雖然是鄉下人，但也知道洋錢是很重的東西，五萬塊錢你怎麼帶得動呢？」

「不是五萬，是五百萬！」蕭再笑著說。

碧雲驟然聽見五百萬，一時也想像不出這個數目之多，多到什麼程度。於是她無意識地伸出一根指頭在那張小桌上寫了一個5字，以後又在5字後面續加了幾個圈兒——5,000,000——五百萬元！大人物的生活當然比我們奢侈得多，就比阿姐也怕闊得多吧。作算他每年用一萬元，也要五百年才用得了。她在這樣想。

「五百萬？五百萬比五萬多幾倍？」涂媽不住問蕭，因為她從來就沒有5,000,000的觀念，也不相信世界上有這樣多洋錢，她只當蕭四哥是說空話。

預報開車的鈴聲響了，打斷了他們的會話。

「涂伯母，那我上車了。碧姑娘的事我會替她照料，請你放心。」

「那要拜託你了。」她老人家想到要一個回容公館去，不禁悽慘起來，眼眶一紅，快要掉下淚來了。但她忽然又想到剛才那一元六角錢，蕭四哥還沒有把回她，於是向碧雲招了一招手，碧雲便伸出頭來，涂媽湊近她的耳朵，低聲的說。

「車票只要三元四角，蕭四哥那邊還有一元六角。等下你可以向他要回來。」

「媽，你錯了喲。這是二等車，車票要五元八角。他還替我墊出八角錢去了。還要還他八角錢喲。」

「二等車？為什麼要買二等車票？」

蕭四哥看見她們母女在低聲細語的說話，知道是為買二等票發生問題，忙走前來。

「第一因為我買了二等票，碧姑娘坐在三等車裡不好招呼。第二是三等車擠得嚇人，碧姑娘是女人，怕擠不慣，並且怕有歹人。第三因為搭的是夜車在三等車裡更不方便。」蕭說了後，還申明他今早上由省城來時，因為帶有重要的支票，是搭頭等車來的。

旅客聽見會黯然魂消的汽笛終吹起來了，碧雲看見站在月臺上的人們忽然動亂起來。她想到阿姊的無情，母親住在H埠的孤獨，也不免傷感起來，此刻又看見母親在對自己揩眼淚，自己的眼淚也就再忍抑不住，撲撲簌簌地滴下來了。她想，母親雖然是個吝嗇鬼，但這完全是為窮所迫，至她愛女兒之心，還是始終沒有變的。自己何以要在這樣煩苦的旅途上受罪，何以要和母親分離，她真想不出是什麼道理來！

「媽媽你早點回去吧。」

「我真不想回阿姊那邊去了！……」

碧雲看母親好像也想跟了自己來到哥哥那邊去般的。她這時候，已經認不清楚母親的臉了，她忙伸手進衣袋裡去搜手巾。

第二次的汽笛又吹起來了，火車也跟著展輪了。

月臺上的人們漸漸看不清楚了，火車的速力也漸次增加。由火車頭煙筒裡吐出來的黑煙，在碧雲眼前掠過去，她忙閉眼睛，聞著一陣煤臭，像有一細片的煤屑飛進她的眼睛裡。一時睜不開來。

火車的震動愈烈，她有些站不住足了，忙坐下來，用手巾揉眼睛，揉了好一會，才睜開來，看見蕭四哥坐在她的正對面，向著她微笑。她有些不好意思，想再翻向窗外，但因剛才給煤屑打了眼睛，不敢了，只是翻過這一邊來望同車廂的客人，二等到底是二等，還有些座位空著的。

火車像在軌道上轉彎，她奇心再引她伸出頭到窗外來。她看見列車像長蛇般正在鐵軌上畫一個大曲線。

她還不好意思和蕭說話，也很擔心蕭向她有唐突的質問，所以她盡憑著窗沿，望車外的夜景，她望見H埠的燈火也漸漸地暗滅了。她這時候，只感著寂寞。她想，自己真像一隻孤舟，此刻駛到港口外來了，今後或浮或沉，只有一任這人世的浪波了。於是她忽然又淒惻起來。但她並不是思念母親，也不是想會著哥哥，更不是思念阿姊。她只覺得自己的心是懸在空中，無所憑依。她又覺得坐在那一邊坐席上的不是蕭作人，而是吳興國。最後，她又覺得偌大的世界中，也沒有她站足的地點般的。總之她是從沒有過像今晚上這樣悲楚難過的。

「自己縱令不算是這世界中最可憐的人，但也定是一個最不幸的人了。」

「來喫茶啊，碧雲姑娘！」

她聽見蕭阿四在叫她，只得翻過頭來向他略作微笑，表示謝意。

「你請。」

「坐下來吧。盡站在那邊，站得不腿痠嗎？」

她原有點喉乾了，想喝茶，給他這麼一說，就坐下來了。桌上擺著兩盅茶，是車上的僕歐送過來的。不一會，僕歐又端了兩碟點心來，蕭四哥又勸碧雲吃。

碧雲聽蕭四哥談了一個多鐘頭的話，覺得他並不是一個歹人，也不像個浮浪少年。看他的性質很痛快，什麼話都肯說，他把這次來H埠的任務——否，是他近半年來的專門職務——也告訴她了。她聽見驚異得吐出舌頭來縮不回去。

蕭作人在省城總指揮部當庶務股員，股長是他的姊夫區家騏。軍需科長和區家騏是十分要好的同學，所以很信賴區，這完全是因為區能夠替他營私舞弊。軍需科長孫紹先是哪一個呢？他是鄒總指揮的舅子，也是鄒的聚斂之臣。

孫紹先當總指揮部的軍需科長不滿三年，替他的姊夫匯了三四千萬美金到紐約去，存在紐約的銀行裡，打算終身不使用——因為鄔總指揮在國內絕不怕沒有飯吃的人，當然用不到存在美帝國主義銀行裡的錢——至今還續續地匯過去。蕭作人這次來H埠，又匯了五百萬元。據蕭說，鄔老總還在南洋買了許多地皮，準備下臺後出國去當猶太人。

「省城沒有銀行嗎？」碧雲聽見大人物的錢偏要送到H埠的外國銀行來存貯，就有點驚異。

「有的，有國家銀行。」

「那麼為什麼不存進國家銀行裡去呢？」

「現在的當局要人都喜歡鬧洋派，有錢也要存進外國人的銀行裡。他們的職務只是把國家銀行搬空，去充填帝國主義的銀行。」

「你扯謊！我不相信中國的當局要人會這樣沒見識。他們口口聲聲打倒帝國主義，將來真的把帝國主義打倒了時，不是一併把自己的存款打倒了？」

「這確是根本的矛盾，所以我不相信中國人有打倒帝國主義的能力，因為他們的錢還是向帝國主義銀行裡送。他們說三年之後就可以打倒帝國主義，但他們有這樣多的洋錢，在這三年之內用不完，取出來又沒有存貯的地方，所以他們絕不肯打倒帝國主義。我想，以中國人之力是不難打倒帝國主義的，不過需要帝國主義的銀行存貯洋錢，所以暫時不把它打倒吧。」

「那，你又為什麼替他送款到帝國主義的銀行裡去呢？」

「吃飯問題。我不替他送，也有人會替他送的。我就不替他送，他們還是一樣愛惜帝國主義，不肯馬上就打倒它。」

「那麼看起來，有錢的人——有錢存在帝國主義銀行裡的人，都不願意打倒帝國主義了？」

「那何待說！」打倒帝國主義的口號不是隨便那一個人可以呼得的！只有貧民才有資格呼這個口號！你看袞袞諸公，那一個沒有幾百萬幾千萬存在帝國主義銀行裡？要一班可憐蟲，舐他們的排泄物過活的人才相信他們有打倒帝國主義，廢除不平等條約的能力。」

「那，你不是在罵你自己了！」

「是的，過去的我是該罵的。不過，我現在覺悟了，所以我準備辭職了。」

碧雲聽蕭說了許多話，但不十分了解。她想，那些大人物何以這樣有本事弄得到這許多錢，這是她頗驚疑的。在這民窮財盡的中國，又在北洋軍閥治下被搜刮了數十年的細民間，何以還有這樣多量的膏血，這是她更驚疑的。她忽然又思念到對她失信的吳興國來了，她想，興國將來也是個會刮民膏民脂的大人物吧。

十　黃包車

天色微明的時分，火車到了省城了。天還沒有亮，車站裡的電燈也還沒有熄。蕭作人幫她把行李搬到車站出口來時，看見外面正在下絲雨。碧雲身上感著有點冷。

「你的哥哥的住址，你知道吧？」

「第三大街忠孝里，是不是？」

「是的。替你叫個黃包車，連行李載到去好了。」

「你到哪裡去？……」碧雲想說下一句，沒有勇氣說出口。但蕭已經覺著她是在希望他送她去。

「本來我可以送你去，不過我有公事。到你哥哥那邊去，又不順路，怕耽擱了時候。……」

「……」碧雲雖然沒有說什麼話，但表示一種為難的樣子，蕭知道她是怕車伕不可靠。

「不要緊，地址告訴了車伕，拉得到的。省城的車子都編了號碼，你記著那輛車的號碼就好了。」

這時候，早有兩三名車伕拉著車子走前來包圍著他們，問要到什麼地方去。

碧雲到了這個人地生疏的省垣，望著站外泥濘的道路，無端地又添上了許多煩愁和寂寞。看看同火車來的人都漸漸地走完了——有的叫黃包車，有的坐汽車，有的是車站上有親戚朋友出來接，一同走，有的跟著旅館的夥伴走了——車站上的人影漸稀，她自然悲感起來。若不是蕭還立在她身旁，她真要流眼淚了。並且在昨夜裡，除打了幾次瞌睡外，只是眼睜睜地到天亮，現在覺得頭暈眼眩，喉頭又乾燥燥的不好過，於是想到在鄉里家居時的舒適和愉快了。

她想，自己到底為什麼要走出來奔波。歸結一句話，是在鄉里沒有飯吃。為什麼沒有飯吃，難道是自己母女的能力不如人麼，自己母女不勤儉嗎？但這都不是。自己和母親雖然沒有多大的本事，但是身體健全，天天操作，和村人比較起來，絕不至於落後的，尤其是母親，從早晨天還沒亮起，就在田裡做，一直做到太陽下山。回來屋裡，又有許多瑣事，再做到三更半夜。但仍然不能維持自己的溫飽，這又是什麼道理呢？去問學校的先生們，他們就責備自己和母親少念了書，少認識幾個字，所以會這樣窮。但看小學校的先生們的家計也是一天挨不過一天。去問地輿先生，他又說是自己的屋和先人的墳墓風水不好，要改造或改葬一下才好。去問村裡的幾個時髦學生們，他們又說是，自己和母親思想頑固，落伍了，遲早要受淘汰的。最後去問宣傳部裡的先生們，他們的責備更離題，他們罵自己和母親是少呼了幾句口號。

不錯，現在有些人在進學讀書，還有些人在當教育家，有些人在帶兵，也有些人在做部長。有些人在論地輿講風水，卜卦算命，也有些人在當執行委員或宣傳部長。但是他們都是在圖個人的生活。至像自己母女一類的窮苦無告，流離轉徙的人們，運命上是該為革命犧牲的。窮苦的人們死乾淨了，北伐兵士也殺乾淨了，剩下來的只有少數坐享其成的人過他們的奢侈的生活，有人在罵矯揉造作的軍閥，穿破頭鞋子去沽名釣譽，但到後來竟有許多錢在南洋買地皮，這軍閥的確該殺。但是不穿破頭鞋子，專握筆桿子的先生，也叫出兄弟妻子親戚故舊來在這裡包辦什麼捐，在那裡又包辦什麼稅去苛徵暴斂，這又與穿破頭鞋子作偽的軍閥何異！？

碧雲胡思亂想了一會，覺得再沒有辦法，只好托蕭叫了一輛黃包車，講好了價錢，把行李裝上，自己坐到裡頭，然後向蕭鞠了鞠躬，就一任車伕拉進街裡來。

時候還早，街上的店門還多沒有開的，只有一間門首擺著一張肉桌的肉店和一間豆腐店開了店門。街路凹凸不平，車子過時就左一歪右一擺的搖動。碧雲坐在車上，只籌思到了哥哥家裡，初和嫂嫂見面時，要如何地說話。她又在描想哥哥家中的情況。但所想像盡是壞的現象，總想不出一點好的來。

車子轉彎抹角，走了有個把鐘頭，車伕才說現在走到第三大街上來了。

「快到了嗎？」碧雲的胸口突突地跳動著問車伕。

「在哪一頭？忠孝南里還是北里？」

碧雲想，這不得了，忠孝里也有南北之分嗎？給車伕這麼一問，一時答不出話來。她記得從前寫給哥哥的信，只寫忠孝里涂東記就可以寄到。

「南里在這一邊。北里就要走過大街。到那一頭去。」

「我沒有到過來，不知道是南里還是北里。」

「是人家還是店子？」

「是家小店子——涂東記。」

「做什麼生意的？」

碧雲也不十分明白哥哥在省城做什麼生意，但聽見人說過，哥哥是做毛髮生意。

「做毛髮的。」

「我從來就沒聽見過有這樣的買賣。……涂東記……涂東記……不會記錯嗎？」車伕拉著車子慢慢的走著念了幾次涂東記。他們走入南里來了。

一個巡警站在弄堂口打呵欠，大概是起床太早了，沒有睏足覺。車伕走到他面前，問他知道涂東記這家店號麼。巡警揉了揉眼睛，望著車伕，臉上登時表示出一種可怕而討厭的神色。但等到抬起頭來看見車上坐的是位年輕的姑娘，臉上又轉和平了些。

「涂東記是在忠孝北里！」

車伕只好把車子拉轉頭，口裡不住地咕哩咕嚕。碧雲也聽不明白他在說什麼話，推度他的意思，是要他多拉了一些路，不耐煩起來，就埋怨坐車的人沒有把地址說清楚。碧雲真擔心他會把自己拉下車來，那就真不得了。

車伕拉著車子走過了大街，走進北里來了，他慢慢的走著望兩邊的門牌號數。

「第幾號，記得不？」

「第一百零二號。」碧雲在車子上很恭謹的回答，像怕開罪了車伕。

有幾個肩膀上架著竹槓子像碼頭苦力的，由弄堂裡走出來，車伕便抓著他們問涂東記是哪一家。

「做毛髮的是不是？」一個身體高壯的工人向坐在車上的碧雲問。碧雲給他這樣大聲氣一問，嚇得不能開口了。還是車伕代她回答了。

「在永盛棧裡面。」又一個工人說了。

車伕聽見永盛棧，像知道了它的所在般，拉著車子一直向前跑，也不向那個工人說個謝字。

車子在一家大屋門首停住了。碧雲一看見，心裡想這並不像一間店鋪，這倒像自己鄉里的小祠堂。門額高處掛著一塊木匾，是白底黑字的，好像年數久了，雙方都轉成枯黃色了。三個大字是「永盛棧」。碧雲走下車來盡望，望了一會，也發見不出涂東記三個字來。只有藍底白字的洋鐵門牌上有「第五區忠孝里 102 號」幾個字，一抬頭就看見了。

車伕流了不少的汗了。隻手拿條布帕向額和頸部揩汗，隻手替她敲門。

一個年約二十三四的男子揉著眼睛把大門打開了。

「是哪個啊？」他很不高興地問碧雲，看見他那個樣子，心裡就有些不愉快。她到這時候才知道哥哥一家在省城並非獨立的住一家屋，還是向別人分租房子住。這樣看來，哥哥家裡恐怕也沒有空閒的房子留給自己住的了吧。

「涂東記，涂東記。」車伕一面叫著，一面走到車子前把碧雲的行李搬下車來。站在門裡的青年現在看見了碧雲，態度轉和緩了些。

「涂東記在裡面？」

車伕不管他在說什麼，替碧雲把行李送進大門廊裡後，就向碧雲要錢。

「涂東記一家人住在後層。你也得替她把行李送進去吧。」那個青年像替碧雲抱不平。

「我管不得！我不要做生意了！」

碧雲給了他講定了的車資四角小洋，車伕不舒服，說要加錢，理由是他走多了路。

碧雲只紅著臉看了看車伕，又看那個年輕人，像希望那年輕人來調解。

「多給他幾個銅板吧。」那個青年笑著對碧雲說。

「要幾個？」她問。

「多給一百錢給他吧。」

「不是一百錢兩百錢的話。……誰要你的一百錢！加四個角子吧？」

碧雲看見車伕的口氣這樣大，真有些擔心這個爭議不容易了結。

還是那個年輕人聰明，他替碧雲提起被包。

「你等一會啊，」他對車伕說，「進去吧，跟著我來。」那年輕人叫碧雲提起那個小藤箱子跟他進去。

轉過屏風，是一口大天井。在天井裡沿斜角線向左彎轉，是個大客堂。滿客堂裡堆著許多幾桌板凳，地面敷著寸多厚的黑泥，還混有些痰濞和雞糞鴨糞。一股奇特的臭氣把碧雲催得要作嘔了。

由客堂側一扉小門進去，是一塊空地。到這裡來空氣像清爽些，但也十分不潔。這邊有豬欄，那邊有雞窠，空地中間有條石路。沿石路一直進去，又是一個大廳。進了大廳，右面有一扇門。進了這套門，那個青年把被包擱在地面。碧雲想，哥哥大概是住在這兒了。她竟沒有料想到這家屋裡面還這樣寬。寬敞固然好，但是牆壁門窗件件都是又朽又黑，實在不能夠使碧雲開懷。

「他們住在樓上，」那個青年對碧雲說了後，又向樓上高聲叫。「涂東哥，有客啊！」

碧雲聽見樓上有不清晰的聲音回答。哥哥等人像還沒有起床，這是可由他們的聲氣聽得出來的。

碧雲等了一會，才見哥哥穿著睡衣由樓上走下來。

「碧妹嗎？」他笑著說，「上來，上來！」

碧雲初接著哥哥有點不好意思，臉紅了一紅，這時候秉東已經下來了。

「這些東西呢？」

「我的行李。」碧雲苦笑著說。

那個年輕人告訴秉東，車伕還在外面等著。秉東想要出去，但忽又翻轉首來問碧雲。

「車錢付了沒有？」

「把了四角錢了。」

「由火車站來的？」

碧雲點了點頭。

「你給我一二百錢。」

碧雲把裝銅板的小袋兒交給了哥哥，望著他出去了。那個年輕人也像愛看熱鬧，跟著秉東出去。

碧雲自己把行李一件件地搬上樓來。她一進樓口就是一個寬大的廳堂，冷靜靜地不見一個人。廳中心有四五個小矮板凳，東倒西歪。靠壁是這裡一堆頭髮，那邊一堆頭髮。旁邊還有幾口木箱子。一股頭髮和油垢的混合臭氣，直向碧雲鼻孔衝來。她的喉頭又「喔」地一聲差不多要嘔出來了。她想，怪不得蕭不願意來這裡。她想像這樣髒臭的地方，那裡像是人住的。鄉里牛間羊欄也比這裡乾淨些。難怪哥哥寫信來說，不要自己到他家裡去，最多也只能讓母親來。她知道秉東的苦衷了，自然向哥哥抱了同情。

她把自己的行李暫時堆放在一邊後，就有一陣疲倦襲來。她坐著打了一陣呵欠，又痴想了一會，還不見哥哥回來，也不見嫂嫂起來。她很想看看嫂嫂是怎樣的人。自己來幫她抱小侄兒，她一定歡迎自己吧。

又過了一會，哥哥青著臉走上來，完全失掉了他剛才的笑容。她這時候借由窗口進來的光認清楚了哥哥的面相。哥哥的樣子完全變了，從前的豐滿的頰肉瘦陷落去了，頭髮也不如從前濃黑了，但還疏疏地蓄著長髮，碧雲想，不如剃成和尚頭還好看些。他比姊姊少兩歲——實在只小一歲半——但是樣子比姊姊蒼老得多了。哥哥的青春大概是給生活苦剝蝕了吧。

「和車伕吵了一仗！」秉東苦笑著說了這一句便問妹妹，「餓了嗎？」

「不，一點不餓。」其實碧雲餓得難挨了，不過極力忍耐著。

「不要客氣，到這裡來用不著客氣的啊。如果餓了我去買碗粥和油炸燴給你吃。」

「不，一點不餓。」

「那就等他們起來時一齊吃吧。省城的習慣要到九點十點才有人起床。」秉東說著走去掀左廂房的竹布簾，「那請你坐一刻，我去叫他們醒來。」他進去了。碧雲坐在一張小矮板凳上，又回覆了剛才的孤獨狀態。她想每天都要這樣子坐著過日子，那真是要自己的老命了。自己的運命是早被決定了的，無論如何流轉，也不能轉移自己的孤苦運命吧。

哥哥像在房裡和嫂嫂說話，後來聽見女的聲音很高的。

「來了，來了！誰不知道她來了。遲點起來見她，就會得罪了她嗎？阿惠兒還沒有睡醒就盡嘈。」

碧雲聽見嫂嫂這樣的向哥哥發脾氣，心裡頭更加不愉快。她想，自己在這偌大的世界中簡直沒有立足的餘地了。到什麼地方去好呢？於是她回憶到蕭阿四和吳興國來了。

十一　黑洞

在哥哥家裡住了半個多月了，她略知道哥哥家庭的狀況了。總之，一句話，是完全在她想像之外。

靠火廚的一間小而黑的房子雖然有一口小窗，但窗前的廊下用木板柵了一小部分來做浴堂兼便所，所以那口小窗是永久不能打開的。在白天裡這個小房間都有些像一個黑洞，果真是洞窟還涼快些，但這小房間卻十分鬱熱。差強人意的就是有一盞電燈。雖然是五燭光，但比鄉里的小洋油燈就亮得多了。當碧雲初到那一天，吃過了早飯後，她看見哥哥叫一個學徒把一隻馬桶從那間小房裡提出來，提到廊下的浴室裡去了。

「對不住你，碧妹，你是個女人，不能不要一間房子。但是這裡地方太小了，只好委曲你住樓下的那間小房子。」

碧雲不做聲，她想，那間房子明明是這家裡的公共便所呢，自己寧可睡在樓上的前廳，真不願意搬進那小房間裡去。但是到了夜裡，看見一個老媽子和四個學徒的寢室就是樓上的前廳，沒奈何只好搬進小房子去睡了。

第一晚，她不知吐了幾十次或百次的涎沫，因為糞尿之香一陣陣地撲向她的鼻孔裡來。她還聞到一種霉臭，借電燈光望了望四面的黑壁上，一處處地生著許多白色或青色的霉，它的輪廓有點像北冰洋附近西伯利亞一帶的地圖。再看地面，黑泥有寸多厚，但也不平均，有凸有凹。她想，像這厚的地皮該請一般軍閥和貪官汙吏來，才鏟得乾淨吧。她想到這裡，也不免獨自笑起來。

最使她感痛苦的就是大小便。前廊下木柵的小房子的門是閂不住的，有時候她才進去，那些頑皮的學徒就像故意般的跑來把門打開。其次就是坐的馬桶十分不潔，臭氣難聞。鄉下的粗窖雖然不很清潔，但空氣流通不會那樣臭，尤其是夏天似覺特別臭。於是她又覺得姊姊家裡比哥哥這裡好多了，住的房間雖然小了些，熱了些，但是大小便就比這裡舒暢得多，也不會這樣臭。因為姊姊家裡的便所是洋磁桶的。

其次一天三餐的飯她也沒有一次舒暢地吃過。菜色不好固然不要說，最使她難過的就是天氣這樣熱，樓上前廳裡還蒙著一陣由毛髮裡發散出來的塵埃，飯菜就端出來擺在一張小桌上了。望著那些塵埃，像撒胡椒般地落在菜飯碗裡去了。哥哥，嫂嫂，學徒們和自己一共七個人，擠起來吃熱湯熱飯，擠得流了一陣汗水又流一陣。那些學徒們都打著赤膊，露出純黑的上胴，每一盤好一點的菜——油水多點的菜蔬端出來時，他們的筷子都在預備放，只等哥哥的筷子伸過去，他們的就像牛津和劍橋兩大學的學生競賽端艇時的槳般，一齊落。碧雲只看著他們搶，實在不願意伸筷子過去了。有時候，嫂嫂沒有夾到來吃，便會罵他們。

「你們太不客氣了，就不讓點別人吃。」

這時候老媽子抱著小侄兒站在旁邊，嘴裡也不住的咕哩咕嚕。

有一次，她聽見哥哥和嫂嫂在爭論，雖然沒有聽清楚，但大概是還用不用婆媽的問題。哥哥的意思以為妹妹出來了，可以幫洗衣服及抱小侄兒，嫂嫂可以分出點時間出來做火廚裡的事。但是嫂嫂不贊成，她的意思是，碧雲做不了什麼事，辭退了媽子，結局只是她一個人受苦。

碧雲聽見了，真有點失望了。但是哥哥這樣窮，有什麼辦法呢？想再回到姊姊家裡去嗎，萬萬無面目。自己又沒有地方可去了，現在唯有聽從哥哥和嫂嫂的話，拚命地替他們勞動了。

碧雲漸漸知道嫂嫂是怎樣一個女人了。她原是一個小軍官的女兒，當她年輕時也分享過父親的福來。到了十五歲那年，父親死了，家計一落千丈，從來養尊處優慣了的，到了當孤兒寡婦的境遇時，不知道如何地生活下去，於是母女兩個都墮落了。在這省城流落了幾年，才在秉東的友人開設的花柳病院中認識了秉東。由那個友人的治療和介紹，就成功了他們的婚約。

碧雲想，難怪小侄兒這樣瘦弱，滿身疽癤。

她知道了嫂嫂的來歷後，十分對她抱同情。嫂嫂的脾氣這樣乖僻，原來是有原因的。生活的窘迫會轉變人的性質的，嫂嫂像久經了風塵，受盡了人生的痛苦，她的性質無日不是陰鬱鬱的。但她稍微受點刺激，神經又會銳敏起來。她看見秉東樣子有點冷淡，便會喃喃地說許多閒話。有時竟大半天都在啜泣，一句話不說。碧雲想，這完全是受了生活的壓迫的結果吧。自己將來的運命怎麼樣呢？碧雲一念到自己的將來，便心驚膽顫地不敢想下去。

——你可憐嫂嫂嗎？你自己呢？

到後來她又知道哥哥還不是販賣毛髮的小財主，他不過是個販賣毛髮的大公司所僱用的一個技手。他每星期有三四天要替公司到鄉里去收買毛髮。買回來後就大部分承領下來替公司整理，裝箱。那三四名學徒就是哥哥用的工人了。想到這裡，碧雲又自慚起來，每餐吃飯時，看見那三四個學徒搶菜，自己還敢討厭他們嗎？其實哥哥一家人和自己還是吃這三四個學徒的勞力的結果呢。

四名學徒裡面有一個是啞巴。這個啞巴看去只有十四五歲，皮膚比其他三個蒼白，也很瘦弱，但他比其他三個勤勞，很少休息。碧雲常常看見他在低著頭，一面梳理毛髮，一面咳嗽，她注意了他之後，就記得他的名字了，他姓張名阿鏗。

有一次碧雲看見他手掌上托著一個雙毫，盡追著一個姓鄧的學徒——在他們中最狡猾的學徒——啞啞地叫。最初碧雲不明白是什麼意思。她想，那個啞子想托姓鄧的買什麼東西嗎？但看情形不像。張阿鏗明明像要哭的樣子。

「誰掉換了你的毫子，這是你自己的！」

「啞！啞！啞！……」阿鏗指手劃腳像跳舞般地在叫。兩行眼淚一直流到嘴角上來了。

「你再豈有此理，看老子捶你！」

「啞！啞！啞！」阿鏗哭起來了，一面哭，一面望了望碧雲，像乞援般的。

「什麼事？」碧雲笑著走前來，想替他們調解。

鄧看見碧雲來了，便伸出手來向阿鏗的左腮上狠狠地摑了一掌——這是惡人所常用的，示威的，先告狀的手段。阿鏗的蒼白的頰上登時起了一大塊紅痕。

「你不該打他！他不會說話夠可憐了，又比你年紀小。」碧雲忙過來拉著阿鏗的臂膀。那個姓鄧的當碧雲是在放屁，又向打著赤膊的阿鏗的肩背上送了一掌。阿鏗手裡的雙毫仔掉在地面上了。碧雲忙拾起來看，原來是個銅貨。她一切都明白了。

到了傍晚時分，秉東回來了，碧雲忙把這件事情告訴他。她以為他定會對阿鏗表同情，或者會把那個狡猾的傢伙開除出去也說不定。

「沒有辦法喲，自己不留心。他可憐是可憐的，他有一個白痴的哥哥和老母，全靠這個啞巴養活呢。……」

「姓鄧的太可惡了，這樣的逞兇。」

「沒有辦法喲，他做頭髮做得頂好，現在他是一把手呢。」

「他沒有父親了嗎？」碧雲問他的哥哥。

「你問啞巴嗎？」

「……」她點了點頭。

「聽說他不滿兩歲，他的父親就死了。他的父親是個酒鬼，喝多了酒，發酒熱死了的。醫生說，他會變成啞巴，完全是他的父親喝多了酒的結果。」

「又是一個可憐人！」她沒有回答哥哥，只默默地想。

她在哥哥房裡坐了一會出來，看見阿鏗還坐在那裡啜泣。她想叫哥哥墊一個銀角子給他，但一反想，不妥，因為她深知道哥哥的性情，縱令這樣向哥哥說了，也是無效的，不單無效，反會惹哥哥討厭。她又想自己不是還有一兩元嗎，做一回慈善事業吧。她想偷偷地給一塊錢給阿鏗。她原想把這些錢拿來剪點布做件內衣的，給了他後不是內衣做不成功了嗎？她的兩種矛盾的意思交戰了好一會，才決定送半塊錢給他。

吃過了晚飯，阿鏗打算回家去，四個學徒中只他一個人是早來暮去的。碧雲因為有心事，也忙放下筷子跟他出來。

出到永盛棧門外的街角上，她把阿鏗叫住了。她向他一招手，他就跟了來。碧雲在一家兩替店的窗口，取出一塊袁世凱換了六個雙毫仔。阿鏗最初不敢要，經她強迫地塞進他的衣袋裡去後，他才向她連鞠了幾鞠躬。碧雲想和他說幾句話，但一想到他是個啞巴，就問他什麼事，他也絕不會回答的。

她別了阿鏗，剛回到門首，聽見有人在街路那一頭叫「碧雲姑娘」。她忙翻轉頭來一看，原來是蕭四哥。他穿著一件灰嗶嘰長衫，笑嘻嘻地走向這邊來，樣子比在H埠車站時好看得多了。

「你辭了職嗎？」碧雲笑著問他。

「軍部的嗎？辭了一星期之久了。誰願替一個私人當家奴！我要照我自己的意思去為社會做事了。我進了黨了，要在黨部裡才有自由意志。因為黨權高於一切，高於政權和軍權。在軍界和政界做事，要仰上司的鼻息，看見上司作惡——貪贓枉法，存大款入帝國主義銀行及投降帝國主義——也不敢本良心說一兩句正當話。換句話說，就是在軍政界裡做事言論不得自由。只有黨是高於一切的，在黨裡頭做事，才有言論自由，看見軍政界的當局作惡，就可以以黨員的資格出來說話，出來彈劾，所以我要辦黨了。現在政治比從前北洋軍閥時代的好，就是因為有黨在上面。不過也還有美中不足的地方，即是黨和政分不清爽，同時黨和軍也分得不十分明了。因為現在以一身兼黨，軍，政三要職的人太多。至少也以一身兼黨政兩方的要職。結果軍政界的錯處就沒有鐵面無私的黨員去指摘彈劾了。現在是五權分立的時代，陳腐的三權分立制當然可以丟進垃圾箱裡去了。但是過去的三權分立制，也有點好處，就是從沒有聽見過那一個文明的國家裡的內閣總理或大總統兼國會的議長及最高司法院院長的。」

「這個現象是暫時的吧。人材缺乏的時代，只好讓他們兼職。橫豎是兼差不兼薪的。」

「但是伕馬費就支得差不多了。」

「這些是小事，算得什麼。」

「總之辦黨的人要專心黨務，不要兼政才好。如是個清正的黨員，一定辭絕一切兼職的。一般人的心理都是，第一想握軍權，其次想得政權；在軍政界裡都不能插足，才退到黨部裡來。這個現象確令人寒心。你試捉著一個人問他，你喜歡當中央執行委員呢，抑或喜歡做鐵道部長？他一定說，要做鐵道部長。我想，所謂五權的五院院長位置雖然高，名譽雖然好，但是一般人還是想做財政部長鐵道部長而不願做什麼院長吧。」

碧雲不十分明了蕭的話，她只知道他是在發牢騷。她陪他走進永盛棧，在秉東的堂屋裡坐了一會，得了哥哥的許可，就跟著蕭出來，到海堤乘涼。

十二　涼風

海堤馬路兩側鋪道上的行人十分擁擠。無數的汽車在馬路中心馳來馳去。蕭四想，由海面雖然不時有陣陣的涼風吹上來，但擠在人叢裡走，還是大汗披身。他便邀碧雲到一家大酒店的天樓上去喝茶乘涼。她無所謂，就跟了他來。

他們走上一江樓的露臺上來了，俯瞰省垣的全景，真是萬家燈光，十分繁華。但在碧雲卻感到一種孤寂。她只覺得這些地方不是她該到的，尤其是天樓上到處電光輝煌，照出許多衣服華麗的男男女女，碧雲越發自慚形穢。恰好這時候露天電影正在開演了。蕭四在最後列揀了一張小方形大理石面的桌子兩人相對坐下來。碧雲從家裡出來一直到此刻，態度都不自然的，也時時感著臉上在發熱。電影開演了好一會了，無頭無緒，她固然無心看，就連蕭四為她叫來的冰淇淋她也無心吃。她想回去，但是一想到永盛棧後進樓下的小房子，她又寧可在這裡坐到天亮。

「你也認識吳興國嗎？」過了一會她忽然想起吳興國來了。

「在省垣的同鄉我沒有不認識的。他們會找到來，因為我住在總指揮部裡。」

蕭四的話剛說完，有一個穿軍裝的人從後面伸手過來拍他的肩膀。他駭了一跳，忙翻轉身看，原來是總指揮部參謀處的一個少校參謀，姓何名奎文，他原籍是湖南，但在C城混了七八年之久，差不多像個C城人了。看他的樣子約三十七八歲。

「請坐，請坐。」蕭看見這個人，很恭敬的站起來招呼。

「這位女同志沒有請教。」何參謀才在一張籐椅子上坐下來，便笑嘻嘻的向著碧雲問。這時候碧雲真想逃了，她臉紅了一陣又一陣，低著頭不做聲。

「是我的一個朋友的妹妹。才由鄉里來的。」蕭忙代他們介紹，碧雲略企一企身向何參謀點了點頭，又翻向那一邊去看電影戲了。其實她對於電影的情節一點不懂，她只看見一個大客堂裡，有許多西洋人，男抱女，女抱男的在跳舞。所有女人差不多都是半裸體的。還有些不客氣的場面，就是男女互相緊摟著親嘴。碧雲想，西洋人何以這樣無廉恥，這樣野蠻。她有點不好意思再看，只沉低頭。

「涂同志出來省垣尋工作做嗎？」何參謀又笑著問她。看他的意思是很想和她攀談。看見她沒有回答，有點不好意思，笑著翻過來看蕭。他像在推測蕭和她的關係的深淺。

碧雲聽見何參謀稱她為同志，身上便起了一陣寒慄。她想革命時代真奇怪，只要認識要人，奉承要人，就可以很快變為一個同志。自己什麼都不懂，每天只會吃飯，排泄，睡覺，黨義固然一點不懂，三民主義從未念過，沒有進黨，也不曾參加過什麼革命工作。對革命真盡了力的人當然是在由長沙至鄭州一帶的戰場上慘死了的，湖南廣東鄉下的，受了生活的壓迫想謀一條出路的無告的窮民。只有這些人才算有功於革命。你們算什麼東西呢？你們只會取巧，坐享他人以血肉換來的成果罷了。但是，自己今夜裡認識了要人何參謀，只一刻工夫，就變為同志了。

「有適當的工作給她做，她也可以為革命前途盡點力的，」蕭笑著說，「何參謀交遊廣眾，認識的要人又多，並且現在是講情面不講人材的時代，何先生，你就去利用利用情面，找一個工作給她做吧。」

「有是有的，不過要附加條件。」何笑著說。

「什麼條件呢？」

「以後我和她要做最親密的同志，做最親密的朋友。」他說了呵呵大笑起來。碧雲想，現代的軍官何以都這樣無廉恥。

「什麼工作？要適合於她的才好。」

「要什麼緊！慢說女同志，就連現代在軍政界裡做事的男同志，真的適材而用的也萬無一二，還不是馬馬糊糊互相牽引，做個順水人情罷了。女同志更可以敷衍。因為要求的薪額不多，並且是人人歡迎的。」

「那你想薦他到什麼機關上去工作？」蕭忙著問。

「不忙，總之我自有方法。」何還在笑著說，「涂同志像是初出來社會的，最初恐怕不慣交際。不過等過些時候就好了。橫豎是掛掛名，領乾薪罷了。」

蕭因為剛才出來的時候，碧雲曾向他訴苦，她說，和吝嗇的哥哥，患歇斯底里症的嫂嫂同住，在她是再難挨下去的了。有時候，要和學徒們一同工作，幫他們清理毛髮，更是痛苦中的痛苦。所以她希望蕭能夠為她找一個職業。因為她在鄉里就聽見過有人說，省城的婦女協會辦了不少的女子協作社，收容有志圖經濟獨立的女子。她想，蕭果能為她介紹，定不難在那些地方占一個位置。她又對蕭說，假定不能在女子協作社裡謀職業，就到有錢人的公館裡去當女僕，替有錢的人看小孩子也好。

「我只聽見很多要人是掛名領乾薪的。但他們都是男同志。你真說得奇怪。女同志也有掛名領乾薪的權利嗎？」

「你說話才奇怪。其實女同志比男同志還容易領乾薪呢。涂同志如果願意去，只要天天到去坐坐，可以不做什麼事，過了鐘點，就回來，滿了月就領薪水——上尉級。」

「Miss 涂，那真要去幹一下。真的，女子解放了，可以和男同志享平等的領乾薪的權利了。婦女解放果然跟著國民革命成功而成功了。」蕭望著碧雲笑了笑後，又問何參謀，「到底是什麼職務？」

「×軍的後方辦事處？不是老夏做主任嗎？他做了主任，忽然骨頭輕起來，想聘請兩三名女祕書。……」

碧雲聽到這裡，真的有點好氣，又有點好笑。她想，這位參謀怕是瘋了。他在軍部裡不知如何地參他的謀。他說要薦自己去×軍後方辦事處當祕書！她真不相信人材會缺乏到這個樣子，要用女同志在軍部裡當祕書。大概祕書就是私饋的別名吧。

「在後方辦事處當祕書，每天做些什麼事情呢？」

「到主任辦公室裡去辦公就好了。或許要填寫張把公事，翻翻電文也說不定。主任沒有來的時候，就打打瞌睡也不要緊。坐在主任辦公廳裡，門首的衛兵是看不見的。其實站在門首的衛兵也在打瞌睡呢。總之，現代的事情都是馬馬糊糊，大家都打瞌睡過去就完了。」

何參謀說了後還坐了一會，就起身告辭，說快到十點了，要趕快回部裡去。他臨走還說，關於碧雲的事他會努力進行。碧雲當然是當他說瘋話，就連蕭也當他是說笑的。

過了十點鐘蕭才送碧雲回永盛棧來。

十三　責備

碧雲進了永盛棧，回到後進哥哥住的房子樓下來了。她因為回遲了，怕哥哥責備，胸口有點跳動。她想，看見哥哥時如何說話呢。她才踏進扶梯下的門廊裡，就聽見哥哥和嫂嫂高聲地在樓上吵嘴。

「我真不知道你的錢用到什麼地方去了。少把點錢給你，就說相信你不過。多把些錢給你，就要用得精光，好像錢在身上就會咬人般的。」哥哥的聲音有幾分辣辣的，過後就聽見算盤珠的音響。

過了一會，又是哥哥的，像得了勢般的聲音。

「你看，就照你自己記的帳來算，也差七八塊錢。這七八元是怎麼樣用了的？」

「那，你是說我報虛了數目嗎？我要留開這些錢來給哪一個？」

「那我曉得你！你近來用錢太厲害了，也不想想錢是怎樣掙來的！」

「我總不會白花了那幾塊錢！漏記了帳也難說！總之，是用在你的家裡了的。」

「你看，家用一個月一個月加多了。這個月比上個月多用了十四元，上個月比再上個月也多用了八塊錢。像這樣虧空下去，不怕沒有餓死的一天！我一天到晚像牛馬一樣的流汗，你只坐著亂花錢！還整天說不夠錢用不夠錢用！」

「你的妹妹出來了，不要飯吃的嗎？」嫂嫂的聲音也有些辣辣的了。

「她來了多久？她出來還不滿一個月，至多也只每天加放半升米……」

碧雲聽到這裡，有些感激哥哥了。她想自己在哥哥家裡還住不滿一個月，但看嫂嫂的態度，已經討厭自己了。也不知道什麼緣故，自己和嫂嫂總是講話不來，自己說甲，她定說癸，自己說天，她定說地。像這樣的嫂嫂，自己本來就不願意和她相處，不過處了這樣的境遇，走到這家裡來了，只好暫時忍耐。自己朝夕勞苦替嫂嫂做事——燒飯，燒菜，洗衣服，抱小侄兒——自己從來真沒有做過這樣辛苦的事。幸得身體頗健，吃得苦，耐得寒，自到省城來，沒有害過病，也服水土。自己雖然想在哥哥家裡多住一二個月，替他們工作。但是嫂嫂的態度好像容不得自己了，一天一天的變壞了。譬如最初要自己替她抱小孩子時，她說，「碧雲姑，勞你抱抱小侄兒。」

看見自己在為他們洗衣服，也很客氣地說：「真對不起碧雲姑娘了，要你幫忙洗衣服。」

過了兩星期，她的態度就不像從前那樣客氣了。譬如說：「碧雲姑，時候不早了，媽子還沒有回來，你快到火廚裡去生火燒飯啊。」或遇著沒有水的時候，便說：「沒有水了，快到井頭去提桶水來。」又要自己替他們洗衣服時便說：「如果沒有事做，把衣服洗起來吧。」

再過了兩星期，她更不客氣了。譬如有時候看見自己在房裡看書或寫信，她便說：「你這個人真沒有辦法，還在文縐縐寫什麼字讀什麼書！你也不想想人家家裡如何忙不過。水缸裡一滴水都沒有了，快去提幾桶水回來吧。十一點鐘了，又快要燒畫飯了啊！」或又更進一步說：「你這個人真不留心。昨天做了的事，今天就忘記了。要人家畫一個圈子跳一趟。你看還有許多事堆在那邊。盡空著手，也不去尋些事體來做做。」

像這樣的，到後來，嫂嫂簡直當自己是新買來的一個婢女了。

「你想想看，那七八元是怎樣用了的？」又是哥哥的聲音。

停了好一會沒有聲息。

「我想著了，小孩子做衫的布錢沒有記帳，還買了一雙小皮鞋，共去了三塊二角。」

「那也還差三四塊錢。」

「聽阿鄧說，她今夜裡給了好些錢給啞巴呢。她的錢從哪裡來的？」

「她給錢給啞巴……」

「阿鄧親眼看見的。」

這時候，哥哥和嫂嫂的聲音都低小了，聽不清楚。過了一會，又聽見嫂嫂的聲音。

「沒有箱沒有籠，還不是裝在那個抽斗裡。」

「我不信她會偷人的東西。」

「人心難測水難量。你看她膽子滿大呢，在夜裡跟一個男人出去。」

「那倒不要緊。她自己能夠尋相當的人物嫁出去，也是好的。」

碧雲聽到這裡，不免傷心起來了。她想世間的人心，何以這樣卑鄙。不問做什麼事體，論什麼事體，都是以個人主義為出發點。到了利害相衝突時，什麼母子之愛，兄弟之情，朋友之義，一切都剝得乾乾淨淨。在平時這些都是一種假面罷了。聽見他們今夜裡的會話，她看透了卑鄙的人心的內面了。嫂嫂和自己雖然是沒有什麼關係的人，但是哥哥呢？對於同胞的妹妹也是這樣懷疑，取這樣無關心的態度。人類本來有熱烈的情感的，但是現代的人何以都是這樣冷漠，這樣自私。他們的先天的熱烈的心腸到底給什麼東西麻痺了呢？他們天天流著汗拚死命去力爭的又是些什麼東西呢？碧雲想到這裡，胸部像給什麼東西壓住了，呼吸不來，鼻孔一酸，雙行清淚便流出來了。

她想還是回鄉里耕田去好些。和母親倆多努力一點，作算長年吃稀飯也甘心願意。人類不過是為圖生存罷了。到處都是受苦，那就不如回到鄉里去，免得看他人的刻薄的臉孔。

有一次她又看見哥哥和嫂嫂在演夫妻間的最醜惡的一幕。當然，它的發因也是為金錢。樓上的前廳變為西班牙的鬥牛場了。嫂嫂是牛，而哥哥是個鬥牛壯士。嫂嫂的頭向哥哥腹部撞過來，哥哥便伸出雙腕推她回去。到後來嫂嫂倒在髒臭的毛髮堆中了。

據學徒們說，哥哥昨夜裡沒有回來，今早六點前後才回家來的。昨天才由公司領下來的五十多塊錢也用得乾乾淨淨了。學徒們也個個懷著不平，因為他們這次的工資沒得領了。

哥哥最初辯說錢是給公司裡的人借回去了，三兩天內可以把回來。但嫂嫂責問他，為什麼昨夜裡不回來？他說，看戲去了。後來又承認到賭場去過一趟。但嫂嫂還不相信哥哥單是為賭花了那筆大款，一定還到不正當的女人家裡住夜過來。到後來，哥哥經不住嫂嫂的嘮叨，他倆就決裂了。終於打起架來了。

碧雲再不能住下去了，她看不慣哥哥和嫂嫂的家庭生活，她決意走了。

十四　彈劾

碧雲由哥哥家裡出來，只好到黨部去拜訪蕭四。蕭看見她來了，馬上向她道喜。她摸不著頭緒，只臉紅紅的呆望著他。到後來，蕭才告訴她，何參謀真的替她在×軍後方辦事處弄到了一個祕書的位置。

「那才是笑話。我替人家當娘姨的資格還不夠，當什麼祕書！那真是開玩笑了。」

「不要緊，不要緊。現在的時代是馬馬糊糊的。從前吳大帥，張大帥部下的豪紳官吏，現在也一樣可以占有重要的位置。難道當娘姨的就不可以當祕書嗎？馬馬糊糊去幹一下就好了。從前讚美北洋軍閥治下的好人政府的博士們，現在不都是接了革命政府的委任狀做大學校長了嗎？何以不見黨部提出來彈劾過呢？所以你去當個把祕書絕不會過分的。如果有人說閒話時，你來告訴我好了。我在黨部裡……」

「你在黨部裡做些什麼事？」

「無聊，無聊，檢查書報。還不是馬馬糊糊。大家太空閒了，所以拿這些無聊的事來做。其實這些事在其他文明國家都是歸警察廳去辦。他們的言論出版都能自由，假如有一部書中，當局有認為不妥的地方，只命令出版者把那幾行那幾頁取消，用××××××××的符號代下去，決沒有禁全部書的。如果全部書中犯禁的地方太多，也只禁止那一部書，決沒有封閉全書店的。要在半開化的國家才有這樣的現象。防民之口甚於防川……何必多作孽呢。」

「你從前說你滿喜歡到黨部裡去工作，怎麼忽然又消極起來？」

「進去了後，我又覺得無聊了。我不該辭掉了軍需科庶務股的職務的。我寧可替要人送款到帝國主義的銀行裡去，奔走於省城 H 埠之間，才不至變為一個「坐食者」。中國之所以糟，所以窮，虛設機關安插「不勞而食」的人太多，也是一個原因。替要人送款到帝國主義的銀行裡去，好像有意思些。」

「當祕書怎麼樣呢？」

「當然好些，當然好些，上尉級，當然好些。」

「我支上尉級的薪水？」

「是的，你進去後怕要穿軍服呢。」

「那我不去！」碧雲歪了歪嘴唇，表示不願意。

「胸上掛個徽章也使得，馬馬糊糊，馬馬糊糊。聽說那個主任性情很隨便，一定可以馬糊的。」蕭說了後嘆了口氣。

「你嘆氣做什嗎？」

「恨我沒有進軍官學校，不然我定跟你進去一同工作了。」

碧雲到此刻才聽見蕭吐出本音來。心裡覺得獲著了什麼東西般的，感著幾分歡喜，同時又有幾分驚悸。論人材蕭比吳興國差一籌，但是吳趕不及蕭，對自己的誠懇戀愛是不能以面貌為標準的。吳興國太對不住自己了，在H埠約了自己，後來又一個人偷偷地走了，這算是什麼道理呢。真個關懷自己的，在這世界中還只是蕭四哥一人吧。

碧雲終於進了×軍後方辦事處當祕書了。她進去後半個星期，略知道辦事處的內容組織了。

祕書處附設在主任辦公廳裡，祕書長還沒有物色到。現在只有三名祕書。第一個是少校祕書，姓張名蔭華，約莫有五十幾歲了。第二個是個女性，約二十五六歲，姓陳名儀貞，驟然看來，是個極豔麗的美人，但坐近面前仔細看看，才知道她是快要凋萎的花了。第三是新進的涂碧雲，她和陳儀貞同是支上尉二級薪，整天的無事可做。祕書處最得力的還是張祕書，一切文件都歸他一個人包辦。陳儀貞有時也拿一管筆在寫字，但不知道她寫些什麼。至於碧雲只呆坐在公事桌前，連提筆的勇氣都沒有。她在辦公廳內坐了三天，便想辭職，因為她想與其日後給他們開除，不如自己先行辭職妥當些。自己哪裡會當什麼祕書呢？

過了一星期，她才會悟出主任對她的意思來了。她知道自己就不辦什麼公，主任也不會開除自己了。主任每天到來，也沒有什麼事可辦，只翻看點公事，過後就盡和碧雲談笑。主任每向著她談話時，坐在在那一頭的陳儀貞就表示出一種不快的顏色。

碧雲覺得主任並不算是個壞蛋，不過時常向著自己傻笑的樣子，實在有點討厭。有時候不回答他，他還是笑，一點不惱，也不會不好意思。他又常常和那個張少校祕書談許多男女間的卑褻的話，叫碧雲聽見難為情。但陳儀貞不單不感恥羞，並且還參加進去討論。

陳儀貞和主任有什麼因緣，碧雲還沒有探悉。據張祕書說，有時候有洋文的公事要她翻譯，因為她在教會學校從英國人學過英文。但碧雲看她的英文也不見得很行，因為有一封簡短的西文信到來，她還是拿著一本英華字典翻個半天。

每天只是張蔭華一個人跑來跑去。主任來後，他常走到書記室裡去辦公，讓主任和兩個女性暢談。碧雲，到後來，知道他完全是對主任的一種逢迎。

主任是北方人，身體高大，說起話來是「這兒那兒」的，腔板吊得非常之高，碧雲聽見覺得很刺耳。但是主任十分的溫柔，對她們有時候會使到碧雲覺得對他過意不去，因為主任對她並沒有什麼過分的要求，但她對他，和儀貞比較起來，未免太嚴冷了。她又更進一步，想到掉了這個上尉二級薪的位置後，到什麼地方去好呢？過於使主任失望了，結局於自己是不利的。只要最後一重防線不會給他攻破，就通融一點，對他表示點親愛，也沒有什麼不可以吧。

碧雲對主任有了相當的反應的表示後，果然大奏奇功，主任對陳儀貞的態度就好像冷漠了些，於是儀貞對她便有冷言冷語，有時候對碧雲竟取一種 Malicious 的態度。本來碧雲對主任完全是非有意的，不過是一種敷衍。但看見儀貞這樣地妒忌自己，便也故意多和主任接近去激怒她。碧雲的這樣的態度完全是出於好勝的性質，其實她對主任完全沒有打半點主意。但到後來，碧雲也莫名其妙，看見主任和儀貞有些過分的親暱的態度時，也會發生一種不滿了。

「太無聊了！為這樣無聊的男子，和這樣無聊的女子嗑醋嗎！」碧雲想到這點，又不免唾棄自己的卑鄙。

十五　人影漸稀

一年之後。

黃昏時分大佛寺馬路上的人影漸稀，比白天也冷靜得多了。只有電柱上的街燈輻射出銀色的光，把街樹的影兒投射到地面上。有一瞬間真看不到一個行人，只有一二名車伕懶洋洋的拉著黃包車在馬路上躑躅。雖然有幾家小作店還沒有閂門，有些人在做他們的工作和雜談，但也不夠力去挽回馬路的沉寂。碧雲剛從紀綱街踏到這馬路上，略停腳步，躊躇一會，她真不知道去看吳興國好呢還是不去好。

「啊！今天是沙基慘案一週年的紀念日，也是蕭四的週年的忌辰！」碧雲想到這裡心裡十分悲楚。「政府把你忘了，社會把你忘了，那是無法可想的。連我都把你忘了，你在地下有知，會何等的傷心啊！你是為黨為國去反抗帝國主義而犧牲的。但僅滿一年，H 埠總督居然駕臨此地，受著當局的熱烈的歡迎。這個帝國主義的代表者竟和什麼主席握手聯歡了。」碧雲一個人站在馬路旁，感嘆了一會，便回憶起蕭四去年和她最後一面時的情況來了。

去年六月中旬，自己住在×軍後方辦事處的女職員宿舍裡。一天晚上，約八點鐘時分，有三個多星期沒有會面的蕭四，忽然走來看她。

蕭到她們的宿舍來過了幾趟的，所以一直進來，號房認識了他，只望著他笑笑，並不加以攔阻。若遇碧雲不在時，號房會對他說涂先生出去了，若號房笑著讓他進去，他就知道碧雲是在家了。

只要他佯咳嗽一下，碧雲便會從樓上伸首到欄杆外來看他，若咳嗽一聲不夠力時，他就作第二次的咳嗽，那麼碧雲一定會從樓上跑下來的。

他走進客堂裡，不待咳嗽，碧雲就看見他了，忙由樓上迎下來。

「我知道你會來的。」她笑著說。

「什麼道理？」蕭也笑著問。

「你說什麼道理，你不是有個多月沒有來看我了嗎？」碧雲說時表示出點恨意。她在這瞬間，雖然認這個恨意的發生有相當的根據，但是回想下自己近來的行動，不單對不住蕭，也實在對不住吳興國。吳近來也很頻繁地來看她，向她有了相當的表示，於是她便想到近日讀的莫泊桑著的 Passien 的譯本來了，她想蕭和吳都是該握著手說。

「我們都是不幸的啊。」她雖然這樣想，但仍然不能否定自己對蕭的愛，於是她感著一種矛盾。

「沒有吧，頂多不過三個禮拜。」

「黨部裡的事很忙嗎？」

「不。我早不在黨部服務了，在那裡面的工作，我不是早向你說過了麼，太沒有意思了，我不願意做。我辭了黨部的職務後，就去當小學教員，教了半個多月書，知道教育界更腐敗。欲從教育去救中國，那真是等黃河清了。我當過店員，做過股員，在黨部做過事，在小學教過書，但都覺得這些職務不是我能夠安心做下去的。想在那些職務裡面找條出路——打倒帝國主義及救中國的出路——是不可能的。他們今天在說努力，明天也在說努力，今年在說努力，明年也在說努力，十年後仍然說努力，百年後也是一樣的在說努力。但只是說啊！他們不知道打倒帝國主義及救中國單靠幾個人努力是不成功的，要得大多數民眾的努力才能成功。所以我決意去做民眾運動的工作了。單坐在辦公室裡，空寫宣傳大綱是無用的。要真的得到絕對大多數的民眾，才能徹底的完成國民革命。」

「你不要盡說許多空話了。你笑別人空寫宣傳大綱，但你也得批判批判自己。你做了些什麼有益於革命的工作？你只分了點公款來耗消了罷了！你還在說你有光榮的過去，有光榮的歷史。那你畢竟是個無聊的 petit Bourgeois 罷了。要無聊的 Petit Bourgeois 才會把這樣空無一物的東西來自誇，自慰。」

蕭四聽見碧雲這個論調，著實有點驚訝。他想，「士別三日當刮目相待」這句格言，真是一點不錯了。

「你何以忽然會發生這樣的高論來？佩服，佩服！」

「笑話，笑話！這算得什麼高論。不過是剛才在書上看見來的，我就把它抄下來應用一下，至於應用得妥當不妥當，我是不管的。老實說吧，Petit Bourgeois 是什麼意思，我還不十分懂。大概是『反革命者吧』，我推度。」碧雲說了後笑著便向蕭連連點頭。

但蕭只痴視著她，像在凝思什麼事情。給他這樣不轉睛地凝視著，碧雲知道了他是在為自己苦悶。

「不要作無謂的爭論了。我只問你，你為什麼不常到我這裡來坐？你近來好像有意和我疏遠。」碧雲說後，也有幾分傷感。她想蕭是千真萬確的在戀著自己，不過不像吳興國何參謀及夏主任等人不要臉，無忌憚地向她要求愛。她心裡是十二分對蕭同情，也很想向他表示點意思，但是有一種奇怪的力支配著她，不使她和蕭接近。

她在從前受了許多物質上的痛苦，自進×軍後方辦事處後又知道了金錢有這麼大的魔力，在未和金錢結識之前，尚不覺沒有金錢的痛苦，一經與金錢結識以後，就很難離開金錢了。

從前想一元兩元都難如意的，現在居然每月領百多塊錢的薪水。不單如此，夏主任常常還有津貼給她買化妝品或添製衣服。她按月的進款用不完，於是她想租一家小房屋接母親來省城同住。她把這計劃告訴了夏主任，主任當然贊同，並且答應做她的經濟上的後援。

她的母親的回信也到來了，說二三日後就起身來省城。有了這些經過，碧雲對蕭雖然有十二分的同情和好意，但她未能承認這就是戀愛。處在這樣畸形的社會裡，她不能不否定戀愛了。學生時代，讀過幾本戀愛小說，同學間也常談關於愛慾的話。在那時候，確希望自己將來能得個理想的戀愛之侶，超脫一切物質支配的戀愛之侶。到了今日，經過了二三年的生活苦勞，才知道往日自己的盲從，世間人說戀愛，自己便信為真有戀愛，世間人說救國，自己便信為真可救，世間人說革命成功後大家都有飯吃，自己也便深信不疑。其實哪裡有什麼戀愛，只是情慾罷了，金錢罷了。世間的人們都盲目地為這些欲念所驅使，疲於奔命，哪裡還有閒心思為國，為社會，為民眾，為戀愛啊！

同時還有一種力——在青春期中燃燒著的力，值得唾棄的一種醜惡之力，在迫著她不能不從速解決它。認識夏主任以來滿二個月了，覺得夏的性情雖然浪漫一點，但並不算一個頂壞的人。他對別的女性怎麼樣雖不知道，但對自己像滿有誠意般的。最能使碧雲動心的就是他在社會上的地位和資格。他在本省軍官速成學校畢了業後，又到保定軍校住了三年，後又到德國研究，像這樣的資格在軍界上是數一數二的，論資格是無話可說的了。其實他的資格尚不止此，他在德國住了兩年後，又曾渡大西洋到美洲大陸，在美國再研究了政治經濟一年零九個月又十二天，也居然得了學位——Doctor！由美國回來恰好碰著他的老同學當×軍軍長，他就贏得了這個後方主任的位置。

文武全材！位尊而多金！這兩條件已經夠使碧雲醉心了。其次論他的面貌年齡，也在水準以上。還有一件是她十分佩服的就是他的滔滔不絕的辯才。他常常向她們演講。他主張救中國不倣法美國，也該倣法日本。他罵民眾運動過火。他主張遵重國際公法，以禮讓的手段取消不平等條約。他主張欲達成革命，可以不必喚起民眾。他說，那一國的輿論何嘗是根據大多數的民意，只有少數的政治家軍人揑造而成的。他說的話，在對於政治沒有多大興味的碧雲，覺得句句都合道理，不能辯駁一句。她只有微笑著向他點首。

再聽蕭四的說話又完全和夏主任的相反，不過她仍然是點首承認，不敢拿夏主任的話去和蕭辯駁，因為蕭的話也是句句合理。

歸納夏主任的講演，他日後定可以莫大的 Speed 升官發財，最後他定能身居要職。「到那時候，我每月至少有 $15000 的收入，加上外水，不難達到 $30,000 的數目。以年計，$360,000！$360,000！！$360,000！！！」

他又還向碧雲說了許多他的將來的計劃——存款於帝國主義銀行裡——在租界

內買地皮並建築洋房子——開銀行——為防備綁匪起見，僱用四名北方拳術家跟隨自己出入——買裝鐵甲的汽車——買人壽保險——聘請租界內最有名之中外律師為法律顧問——僱用中西廚房各數名，要有妥當商店擔保——一切食物須加檢驗——將來有了妻子，出入要和自己一樣的嚴密防備——小孩子要鐵甲汽車送上學——長大了後送往美國留學，也習政治經濟——畢業回來……

夏主任說到這裡不往下說了，因為他不敢斷定他的兒子是個肖子，他擔心自己一生辛辛苦苦積下來的錢會由這個兒子一手耗費得乾乾淨淨。他還有一件計劃沒有向碧雲發表，就是他要多接幾位姨太太，而碧雲正是他物色中的一個。

夏主任的將來的計劃是多麼有趣，碧雲聽得眉飛色舞起來。她翻聽蕭的計劃是；——做法總理終身革命——不怕死，不要錢——喚起民眾——扶助農工——聯合世界上以平等待我的民族共同奮鬥——革命成功，中華民族才得解放。大多數要人的款還存在帝國主義銀行裡，就是革命尚未成功的鐵證！——革命不成功大家就同歸於盡，有大款存在帝國主義銀行裡的少數人和窮無一文的大多數民眾同歸於盡。有銅山的鄧通的子孫現在如何了！最近的袁世凱的後裔又如何了！

蕭所說的都是奮鬥，革命，犧牲，痛苦，最後是死！碧雲最初聽見還不覺得什麼，但到後來愈聽愈害怕，她想蕭說話何以常常都是這樣艱苦，沒有半句可以叫人開懷的。這就是碧雲的心漸漸離開蕭的原因。

十六　誘惑

碧雲陷入夏的誘惑網中，是在六月廿三日以前，所以蕭的死耗傳來時，也不見什麼感動。

母親來了，在西關租了一家月租四十元的洋房子，度她們的近似幸福的生活了。她每天下半天只形式的到後方辦事處坐一二十分鐘後，便跟夏主任出來，同乘汽車入大公司，進戲院，上酒樓，開旅館，差不多每天夜裡都是過了十二點才回來。她在家的時候只是睡覺，醒來便數數鈔票。

「我的生活快趕得上姊姊的了。」她想到這裡，自然地微笑起來。

過了中秋節，×軍第三師的師長出缺，夏調升第三師師長了。這個消息傳來時，夏本人雖然歡喜，但還趕不上碧雲。

「姊姊還是旅長夫人，我呢？……」

在亞洲大酒樓三樓第 24 號特等房裡，碧雲以不平的語氣詰問夏師長。

「你怎麼此刻時候才來？」

「軍部裡有重要會議，開完了會議，他們又提議要在我宣誓就職的那一天晚上，替我開一個祝賀會——在S大旅舍龍鳳廳開跳舞大會。」夏說到這裡，張開雙手，下面的雙腳彼一伸此一縮的裝出跳舞的姿勢來給她看。隨後又翻一翻身，便乘勢走過來摟著碧雲的頸項。

「你會跳舞嗎？」

聽見夏說到跳舞，她就覺得有塊重石壓在胸頭般。近來夏的態度不如從前熱烈了，有時候好幾晚看不見他。問他到什麼地方去了，他便不客氣地說到跳舞場去了。責他不該常常跑到那個無聊的地方去，他便說，「我們做官的人，社交是很要緊的。軍長，部長們要你陪他們去，你敢不去嗎？」

「……」碧雲很不樂意的搖了搖頭。

「可惜你不會跳舞，不然開祝賀會的那晚上，我要和你一同跳。」他又一翻身起來，歪著頭，做Chaplin的姿勢給她看。

從前夏裝Chaplin的樣子給她看時她定笑得流出眼淚來。今晚上無論如何無氣力去笑了。她只低著頭吁了一口氣。

「為什麼不高興？我回來遲了，不高興嗎？」他又忙走過來從她的背上摟著她。

過了好一會。

「你下星期就要到Ｂ海口去了嗎？」

「當然啊。要去接事，第三師在那塊地方駐防。」

「我們的結婚禮什麼時候舉行呢？」

「結婚禮？」他略遲疑一會，「那是很容易的問題，什麼時候不可以？等我由Ｂ海口回來商量吧。」

「商量？」她黯然地說。因為想詳細地說明白自己的痛苦去引起對手的憐愛，她極忍耐著一切，不然她真想哭起來，痛罵他的那樣無關心的態度了。

「不商量怎麼辦呢？」

「那你還是主張不行結婚禮嗎？」

「是的，我覺得這是形式，沒有什麼意義，我們全賴愛的結合。」

「但是我們決定共同生活後，也該有一次向社會宣布。」

「我們間的愛要藉他人的力量來維持的嗎？」

「不是要藉他人的力量來維持我們間的愛。你整天地說愛，愛，愛，但你不知道我倆間還有比愛更重要的。……」

「比愛更重要的？在男女間有比愛更重要的嗎？」他又歪了歪頭，伸出一根指頭去盡擦他的人中上的日本式短鬚。

碧雲看見他那樣冷漠的態度，真想從他的肩膀上咬下一塊肉來。

「當然有啊！」

「那你說出來看看。」他擦著短鬚，頻頻點頭。

「並不是別的，就是我的身體……」

「那是你的，不是我倆間的，常看見你肚子痛，我固然為你難過，但是這種痛苦我是沒有方法替你代的。一般說夫妻同體，但這是精神上的話。實在的身體是各為各……」

「你不要盡說那些淺薄無聊的話了！你聽我說來嗎！」她的聲音有點高辣了。

「我說的那些話淺近或有之，無聊則未必。好啊，你說呀，你說出來看。……你是不是身體有病？」

「不。……我像有小孩子了。」

夏駭了一跳，但只一瞬間，他就恢復了他的平靜的狀態。因為他是師長，同時又是博士，覺得這並不算是什麼大不了的事情。

「你該喜歡吧。你往後要在花旗銀行多存些款留給你這個小孩子，最好送到紐約去存貯，在香港上海銀行還不算十分靠得住，因為我們不久就要收回萬惡的租界了！我們預先替這個小東西取個名吧。以後送款到帝國主義銀行存，就用他的名字好了。我想『阿美』這個名字很不錯，男女都可通用，你是美國畢業回來的博士，他或她將來也定要到美國去留學，我們的款又存在美帝國主義的銀行裡……」

「你在說傻話！……真的你有身孕？」

「不是真的，我好意思說我有了小孩子嗎？快滿四個月了，你還會看錯嗎？」碧雲說到這裡，快要流眼淚了。

「你怎麼這樣快就懷了孕？」夏的指頭不擦人中上的短鬚，伸到頭上去搔剪成陸軍裝的短髮了。

「你才是在說傻話呢！」她恨恨地注視他。

「但是我們不該這樣早就有小孩子。」

「有了小孩子會妨礙你嗎？」

「妨礙倒沒有什麼妨礙，不過有了小孩子後，我倆的戀愛生活就告終了。」

「接著我們有和暖的家庭生活。」

「但是我還沒有錢送存帝國主義銀行啊。」

「貧苦民眾的小孩子們怎樣養長大的呢？」

「那我不能管。怎麼可以拿他們來和我們比呢？他們是天生天養，像一般的動植物。我們是超等動物，人生人養的。」

「那些空話都不要說了。我只問你，我倆在什麼時候舉行結婚禮？肚子大了不行結婚禮，我那有面目見人呢？」

「……」夏一刻沒有話說。他胸裡只在盤算，自己到海口去後，軍需科的人員要如何調動，對於部下的團長，營長們要如何敷衍，對軍長總指揮等上司要如何逢迎。

「我的母親說，在你赴 B 市以前，要確切的給她一個答覆，什麼時候和我舉行結婚禮？」碧雲啜泣著說。

「……」他像沒有聽懂她在說什麼話。他只看見幾個阿拉伯數字在他眼前跳舞：

$360,000

$3,600,000

$36,000,000

他想就有這些也還不夠，要有 $360,000,000 後，才馬馬糊糊可以出來唱唱高調，發表些建設的計劃吧。但只能發表而已，至能否實現自己是懶理的。

他的幻想給她的哭聲驚醒了。

「你在哭嗎？有身孕算得什麼一回事呢？有了錢，有什麼解決不了的呢？」

聽見他的這句話，碧雲痛哭起來了。

「你不說明白什麼時候和我結婚，我只好……只好死了。我哪還有……面目……見人！」

夏師長聽見她說死才吃驚。他想，自己原是完全沒有意思和她結婚的。一個個都來要求結婚，那每月都要舉行婚禮了，這豈不是笑話。他又想，要碧雲才這樣蠢得可憐。不過她說有了小孩子，這層到該原諒她的。哄哄她吧，答應帶她到Ｂ海口去就是了。

「不要哭了。剛才和你說幾句笑話，你就認真起來。我們一路到Ｂ海口去吧，在省城來不及準備了，到Ｂ地後馬上舉行吧。」

他重複地勸慰了她幾次，也緊緊地摟抱著她，不問是唇，不問是頰，不問是鼻，不問是目，他只狂熱地向她臉上接吻。

十七　號數

自夏赴Ｂ海口就第三師師長職後，在省垣一年間，看不見碧雲的影子，也聽不見她的消息了。

果然，官運亨通的夏，只一年間就升任為副總指揮了。至總指揮當然不是從前的鄔先生，也不是夏的同學某軍軍長，乃是從前某軍第一師師長劉虎。在中國的軍政界像這樣的變動一點不算稀奇。簡單地說，從前夏的同學×軍軍長和鄔總指揮是同一派的，假定是甲派。現在的總指揮劉虎是屬乙派。至於夏是無所謂的，但他有點虛名，因為他是政治經濟科博士，政界的一部分人士都替他捧場，說他的思想如何之新，對於政治如何有眼光。乙派的長衫派便想盡方法去籠絡夏。最初他們以為夏是前×軍軍長的同學不容易運動。殊不料有智識的軍人比無智識的軍人活動，乙派代表向他提出三個條件，一說就妥當了。那三條件(1)是現款五十萬，(2)副總指揮，(3)經濟委員會的主席。條件說妥了後，過了兩天，第一師師長劉虎通電歡迎乙派首領彭志道博士回來做政治首領。第三師師長夏又在海口宣布獨立，第二師師長蔡超遠在前線，也只好順從大勢，於是甲派首領吳登甲即日逃往H埠，鄔總指揮也只好下臺，軍長也跟著去職，乙派的革命算成功了。

此次省垣的革命真是最文明最理想的，不殺一人，不流滴血。足以做革命紀念的，只是人民受了一場虛驚，牽男帶女，搬箱運籠，到租界上去住，及火車站做了幾天好生意。

遠離中央的這一省的黨務政治等都是十分腐敗，中央雖然很想力加整頓，無奈鞭長莫及，只好讓他們去馬馬糊糊攪一場，像焦贊般把書本倒過來念的先生們也居然在黨部裡活動了。

在這地方的輿論都以為乙派比甲派進步一點，其實是一丘之貉。

做了這次不動干戈的犧牲者之一就是吳興國。他在去年冬畢業後，由他的校長吳登甲的推薦在總指揮部政訓處當宣傳科長，支上校初級薪。但只做了三個月，政局就起了變動，失業之後，就在省垣閒住。本來他也是沒有什麼政治主張的，他做的宣傳大綱內容無非是說乙派如何不好，甲派如何好，及擁護吳鄔打倒彭劉等等。其實他沒有絲毫成見，不過是為飯碗問題罷了。但是中國的政界和軍界無論什麼時候，都是有人滿之患的，興國因為做了那樣的宣傳大綱，當然在乙派治下難謀啖飯地了。

碧雲在去年六月間跟夏師長到B海口住了一個月後，才明白夏對自己的心完全不可靠了。苦悶之餘，就流產了。她發見了夏的周圍有十餘位女祕書及女書記，並且他有很體面的正妻——數年前駐歐洲某國公使的小姐，在外國女子大學畢了業的。碧雲絕望了，只好回到省城來和母親同住。當她離開B海口時，夏送她一千元，但碧雲賭氣沒有收就走了。回到省城來後才覺得那一千元太可惜了。

生活一天天的窘迫，碧雲不能不再出來當職業婦人。她天天注意報上的廣告。有一天她發見了H百貨公司的招募女店員的廣告了，H公司是她去年出入最多的一個地方。一年前的自己是那公司所歡迎的顧客，現在要向那公司討飯吃了嗎。回憶起來，真有無限傷感。

她終去報了名，繳了一張四寸相片。到了考驗的一天，她很早就跑到H公司的五樓上來。

一個大廳裡擠滿了女性。碧雲想，至少有五百多人。定額只十二名，自己大概是無希望了。大廳的那一頭有一扇玻璃門，門扇上有兩個英國字「Private Room」，閂著了。門口站著一個像巡警般的壯士，在大廳裡的女性各人手中拿著一枝竹籤子，編有號數。她們的姓名今天都變為號數了。碧雲看了看自己的號數是 325。

「第廿一號至廿五號請進去！」那個 Private Room 的玻璃門打開了，一個當差的走出來，向大廳裡的群眾高叫。

「第廿一號到廿五號！」那個站在門口的穿制服的壯士也幫忙叫。

碧雲看見有四五個女學生裝束的走進去了，玻璃門又閂起來了。

「恐怕要到下午才輪得到自己呢。」她真有點想不受考驗走回去。但又一翻想，一場來了，還花了一張相片，只好忍耐著等了。她在人叢中走來走去，看見有許多女人對著廳壁上的大鏡照了又照，很多望著大鏡戀戀不肯走開的。其中還有取出粉盒和胭脂來的很仔細地重施脂粉。碧雲想，也難怪她們，因為她早聽見有人說要貌美的才得入選，因為不是美人，不容易拉攏顧客。

到後來終叫到 321 至 325 號了。碧雲便跟著四個女性走進 Private Room 裡面來了。

第一是驗對相片，驗了相片，就是量身高及檢查肺量，最後就是口試。口試是一個個的叫過去，沒有叫到的就遠遠地坐在一張長板凳上等候。

「三百廿一號！」那邊叫了，碧雲望那邊有三個年輕人坐在一張長方形桌子前，大概是H公司的口試委員了。因為是背向著這頭，碧雲看不出他們是怎麼樣的人。

她看見一個身體胖得有點臃腫的女人走過去，她穿著西裝，姿勢更難看。不過臉色還紅潤，這大概算是她的最美點了。

「你的姓名。」

「馬鴻英。」

「學校？」

「嶺南大學英文科最優等畢業，得了學位，文憑在家裡沒有帶來，諸位先生如不相信，我明天可以送過來給諸位先生檢驗。」

「那你的英國語一定說得很好？」

「當然啊，和老番婆差不多了。我可以替貴公司招待外國人的顧客。」

「你既然有這樣高的程度，何以來志望當店員呢？」

「本來可以不來打攪你們各位先生的。」她的態度很鎮靜，聲調也悠揚得體。「我畢業後，校長薦我在第九中學當英文教員，無如那班中學生太囂張了，把我趕出來。我有六姊妹，五兄弟，單靠我父親一個人在洋行裡打工，家裡不好……」

「你沒有結婚嗎？」

「我是大學畢業的學士，只有由歐美回來的博士才配做我的丈夫。我專等博士，一時不嫁。」

「今年貴庚？」

「二十歲。」

碧雲想，那個女人至少也有廿六七歲了，怎麼可以騙人說是二十歲。

「假如有顧客來買東西，向你調笑幾句，你如何對付他呢？」

「調笑我嗎？我就拿這個捶他！」那個胖女士伸出一隻拳頭來，握得緊緊的。她緊閉著上下唇，用勁說話的樣子，把那幾個委員都引笑了。

碧雲看見馬女士那樣天真，所遭境遇又那樣苦，不禁起了同情，無端的悲哀又湧上心頭來了。

馬女士由那一頭的角門出去了。

「三百二十二號！」

一個中等身材的女子走過去，據她說，她是沒有什麼學歷，只是在某小商店實習過來。碧雲看她面貌差些，怕難入選。

接著叫 323，324 大同小異地口試過了，最後叫到碧雲了。她望著 324 由那小角門出去後，胸口突突地更跳動得厲害。

果然叫到她的號數了，她走到在那張方桌的一隅的籐椅子上坐下來。

「你的名字？」

她抬頭望見那個問她名字的男子，駭得臉上發青，一時說不出話來，但他好像早知道她會來般，神色很泰然的。

「……」她想他怎麼走到這公司裡來了呢？

「你的名字叫余竹筠嗎？」

「……」碧雲點了點頭。

照例很簡單地問了幾句後，那個男子就問她住在什麼地方。碧雲把實在的住址告訴了他後，就從那扇小角門走出來，她想自己一定入選了。

十八　反感

進了多雨的初夏時節了。

近一月餘，在精神上和物質上雙方她得吳興國的助力實在不少。本來他原是她的意中人呢。

碧雲問興國，怎麼他那樣的大人物會走到 H 公司裡去當一個 Clerk？他說他們一派人在政治舞臺上失了腳後，不能出頭，只好暫住 H 公司，坐待時機。至於由如何的因緣進去的，他始終沒有明白對她說。

碧雲原來就喜歡興國的，不過一年來有了許多辛酸的經驗，不敢潦潦草草地就應許男人的要求了。她心裡雖然愛興國，但不願意由自己說出口。她對興國只有觀察，十二分嚴密的觀察，專等他的有誠意的表示。

有一天下午，興國由 H 公司送著碧雲出來。

「怎麼樣，碧雲，明天是星期六，下半天我們趕車到 H 埠去，後天星期日在那邊玩一天好嗎？」

「嗯……」碧雲的回答不十分肯定，「不過，我要問過母親來。」

「你的母親還不是由得你。怎麼樣？你還不能相信我嗎？」他苦笑著說。

碧雲雖然沒有發見什麼證據，但她常是直覺著興國是個十分浪漫的人，從前也隱約聽人說過，他對女性那一道是個猛者。一想到這一點，她是十分不愉快的。在興國方面也是曾經滄海，近一年來，有了不少的女性的經驗。但覺得從沒有遇著碧雲那樣惹人愛的。她比她未失處女性之前更惹人憐愛，更為動人。

在馬路上轉了彎，走進一條比較僻靜的小街道上來了，興國大膽地走近她身旁，伸出右手來去握她的左手。她想拂開，但來不及，只好由他了。

「喂，明天下午搭一點半的車，我在車站等你。」

「也好，我們到姊姊家裡去玩玩。」

「你的姊姊不在H埠了，你們還不知道嗎？」

「……」碧雲搖搖頭。

「真的？」

「我們和我的姊姊差不多一年多沒有通信了。」

「你是副總指揮的夫人，比她闊了。」

「不要取笑了，」碧雲有點傷感起來，「我的姊姊比我強多了。」

「我相信老夏看見你，一定要你回去的。」

「誰還當誰的玩物嗎？只恨我沒有力量。不然，我定把一班汙女性的男子們殺個乾淨。」

興國聽見她這樣說，心髒縮動了一下。

「你的姊姊過M埠去了，和你的姊夫容超凡。」

「他現在怎麼樣了？」

「還不是一樣吃老米飯。幸得他當旅長時，扒了些錢，在各地湊了些生意，現在又在M埠開番攤館了。」

「中國的錢都是給這些人拿去送給外國人了。動亂一回，人民就被大刮特刮一回，他們一來一去輪著刮，不知刮到什麼時候才休止呢。他們刮到錢就擱在帝國主義銀行裡，一生一世用不著，增厚帝國主義侵略中國的資本。把國幣搬空了，就來借外債或發行公債，望你們這班人解放中國民族，廢除不平等條約，真是緣木求魚！」

「怎麼說是我們呢？我還是一個錢沒弄到手啊。他們不救國，我一個人能救國嗎？他們不為團體節省，我一個人縱令為團體犧牲也是無效的。所以我也不客氣地定要覓個機會來弄點錢。若沒有五萬十萬擱在帝國主義銀行裡，絕不能安心為國家社會服務的。」

「有了五萬十萬，就想五十萬百萬，有了五十萬百萬，就想五百萬千萬，有了五百萬千萬，就想五千萬一億。人的利慾是無止境的。所以中國是無救了。可憐的是多數人給少數人害了，多數人應該起來解決這些少數人啊！」

「想來也是很滑稽。他們軍閥都很有錢，多的一萬萬或數千萬，少的數百萬，但是他們真的看見過一個袁頭嗎？決看不見的！他們把由中國人民刮來的膏血送到帝國主義銀行去，只掉換了一本摺子。帝國主義的銀行經理便給他們以種種的封號，某某是 Millienaire，某某是 Billionaire。其實他們終身只使用這些數目的一小部分或完全不用，他們只是把這些大款去購買 Millionaire 的封號。」

經不住興國的苦求，碧雲終答應了他，準定明天星期六下午一同到 H 埠去玩。

第二天下午一點多鐘，興國提著一個輕便的小皮箱，叫了一輛黃包車，趕到車站上來。他們是約定了搭一點十六分快車的。

今天沒出太陽，有點悶熱，興國到車站時，周身膩膩地出了些汗，他看手錶，十二點四十分了，但還不見她來。他想，她該比自己先來了的，莫非中途又變了卦嗎？他走到售票處，買了兩張二等車票。

「不管她來不來，先把車票買好，免得臨時倉猝。」

他買好了車票，再走出車站門口，望望碧雲來了沒有。快變成黑色的一列紅磚牆反射著薄弱的陽光，增添了人們的熱感。他真心急，額上的汗愈流得多，他拿一方手巾揩了揩，只好走進裡面向月臺邊來。

「或者她在月臺邊等我也說不定。」

看站內的大鐘，響一點了。他真有點恨碧雲失信。他又想，恨她也不中用了，目下最緊要的問題是，如果碧雲不來自己要取什麼行動呢？只好一個人到H埠去走一趟，開旅館，叫個女人來過過癮，明天就趕回省城來。他一面想一面摸摸懷裡的荷包，他想有七十元到H埠去痛快地玩一回吧。

「曉得她不來時，早約她的姊姊一同去還好些。……不。她現在走不動。」

他正在痴想，忽然發見月臺的那一隅有個女人笑著走向他來。他認出是她了，胸口跳動起來。

「車票買了？」

「……」他點點頭。

他倆一先一後進了二等車室，看見很多空席。他揀了當頭一個席位坐下去，她卻走到那一頭遠遠地擇了個椅位。

火車開行了，他看了看在同車室裡並沒有認識的人，於是向她招了招手。碧雲的臉發了一陣燒，才微笑著走過來在他的對面的椅子上坐下來。

「你怎麼這樣驚碌碌的？」

「我真有點怕，倘使碰見了認識我們的人，怎麼好呢？」

「怕什麼？」

「但是我怪不好意思的。」她的聲音十分低小，差不多聽不清楚。

「怎麼又有膽量出來了呢？哈，哈，哈。」

「想不來的，不過……」

「不過什麼？」

「……」她向他嫣然地一笑。

「啊，真美！比處女時代的她還要美麗！」他暗暗讚美她。

「我早看見了你，隔遠了不好大聲叫。我想，你總會翻轉頭來看看這邊的，竟不知道你只是在那一頭走進來走出去。我看見真急死了。

「我也想你定會來的，只向外頭望。」他又笑了。

同車室只有六七個搭客，都不甚注意他倆。下面的車輪轟轟地響，他倆更加方便談話了。

「吃過了飯來的？」他問她。

「……」她點了點頭。她的態度漸漸解放起來，不如初來時那樣拘束，那樣害羞了。

「我帶了幾個天津雪梨來了。由天津運到這地方來就不容易啊。運到南地來後特別的香甜，香蜂蜜，價錢也不錯啊。我們南地的梨子也未嘗不好，但比起它來總不值錢！」

碧雲想興國就是這一點討厭，吃天津雪梨也算得一回事麼，還念了一篇散文詩來讚美它，真無聊。

「你吃不吃？」

「……」她搖了搖頭。

「吃一個吧。來，我剝個你吃。」他一面說一面去打開他的小皮篋。他把小鑰匙插進鎖眼裡去了，但看見箱面上有些塵灰，他不忙開鎖，努長嘴唇湊近箱面去吹。碧雲想，用手拍拍或拿手巾抹抹就乾淨了的，也要這樣費力去吹半天。

箱蓋打開了，果然有四五顆青黃色的梨子。他拿了兩個出來。看了一看，又丟回去，再拿了別的兩個放在幾上。

「黃熟了的先拿來吃，青的經久一點。」他像對他自己說，一面說一面閉好箱子鎖回去，然後從衣袋裡取出一把小洋刀。

「這樣漂亮的人竟有這樣不漂亮的行動！」碧雲看見他那吝嗇的樣子，真的起了點反感。

興國打開小刀，待要剝梨皮，忽然覺著像有個人走近他身旁來，他忙翻轉頭來看，那個人的手已經搭到他的肩膀上來了。

「啊！」

「啊！連君！」他立起來和那個人握手。

十九　走盡長途

碧雲看那個興國稱他為連君的人，約有三十多歲的光景，嘴巴寬闊，笑時露出兩列牙齒，滿堆著蒼黃色的牙垢，頭髮蓄至尺來長，披散在腦後，也不加梳理，異常紛亂，雙頰上的肉瘦落了，變成兩個小窟窿，眼睛也深深地陷進眶裡去了。碧雲聞著一股臭氣由他身上發出來，忙拿手巾掩著鼻子躲開一點。

「這位是……？」那位連先生的嘴巴愈擴張得大了。看見他的又黃又青的牙糞，碧雲胸口作惡，想嘔了。

「密司涂，是我們的一位同志。」興國說了。

「是你的戀愛同志吧。哈，哈，哈。」其實沒有什麼好笑的話，連先生故意當做件好笑的事，大笑起來。他笑了後，就向碧雲鞠了鞠躬。

「我是連城璧，一個很無聊的文學家，不過在文化運動上相當盡了些力，就我個人說，也有點光輝的過去。今天碰見涂同志，豈敢不自己介紹一下。」他說一句，就有一陣臭氣吹過來，比吃糞的狗放的屁還要臭。

碧雲想，原來這位先生就是鼎鼎大名的連城璧。讀過他的小說的人的一般推測，都當他是個翩翩美少年，誰也沒有意想到他是這樣一個「連城璧」。

連先生一面說一面挨著興國坐下來，像十分親熱般的。興國想，這真要命，因為興國深悉這位先生的脾氣，他到朋友的家裡去，非把凳腳坐斷是不告辭的。

「你到H埠去做什麼事？」連先生一面問興國，一面以黃褐色的眼睛望了望碧雲。碧雲不理他，只憑窗口望車外。

「沒有什麼事體，去玩玩的。你呢？」

「我是逃命的！真是矛盾，真是十二分的矛盾！我從前是主張收回租界，但是現在又要托庇於帝國主義治下的租界了。」

「你為什麼事要逃命？莫講笑。」

「誰和你說笑。因為我寫了一篇小說，裡面有這一段：——你該朝左一點，不，愈左愈好，要朝左一點坐，才望得見那個紅燈，你的臉映在這燈光裡，紅得十分美麗，現代的東西是愈紅愈美麗，愈紅愈好看，紅是現代的流行色啊！——你要曉得，這是在洞房花燭前新郎對新娘說的話。但神經過敏的當局，說我是宣傳赤化，真是好笑，對我竟下起通緝令來。像我這樣無聊的文丐，也值得他們下通緝令。」

碧雲聽見他說到這裡，才留心聽他的話。她想以貌取人失之子羽，他的外表雖然難看，但有幾分天才也說不定。

「那你到 H 埠去後怎麼樣？」

「還不是寫文章過日子。」

「那可以盡情的寫了，用不著顧忌了。」

「但是要在省城出版，省城發賣，還是不能直情直性的寫啊。」

「以後你要寫哪一類的文章了呢？」

「我要寫……」他說到這裡，停頓了一下，把幾上的小洋刀和天津雪梨拿到手了。「謝謝你，讓我先吃個雪梨後再來和你暢談吧。」他一面剝梨皮一面說，「我以後要寫八股了，就是寫：——治久必亂，亂久必治，方今天下統一，聖賢相逢。……聖天子在上，可以出而仕矣！——這一類的文章。」他說急了，又想快點把梨子送進口裡，由他的口角流出幾滴涎沫來。

梨子剝好了。

「同志們，吃啊！」他張開大口把梨肉咬了一大塊。

碧雲想，世界上什麼奇怪的人都有。他已經把一個剝好了的梨子拿去吃了，還要叫「同志們吃啊」，不知叫我們吃什麼東西呢？這完全是自私自利的表現，為自私自利而利用同志犧牲同志的表現。

興國和碧雲給他鬧了半天，也聞夠了臭氣，幾次暗暗地示意叫他走，但是連城壁無論如何不肯走，並且說到Ｈ埠時，還要和他們同住一家旅館呢。

幸得驗票員走來了，連城壁忙站了起來對興國說：「你是特殊階級，搭二等車。我是普羅列塔利亞，只能買四等車票喲。」他說著倉倉皇皇的走了。

興國想說：「你哪裡配稱普羅列塔利亞，你不過是談談普羅列塔利亞混飯吃的無聊的 Intelligentsia 罷了。」但看見他走了，也就算了。

那天夜裡，興國和碧雲在Ｈ埠Ｓ大酒店的三樓，開了一間有浴室的特等房，碧雲初進來，覺得有點不自然，但過後想已經跟他到這裡來了，用不著再拘拘束束了，開懷吧，開懷享樂一回吧。

他倆一進旅館，因為天氣熱，就先後洗了澡。吃過夜飯，兩人同到馬路上散步，一直散步到近海碼頭上來。回到 S 大酒樓時，已經十點半鐘了。興國本來酒量很淺，不過今夜的興致特別不同，回來後再叫了些西菜及啤酒來和碧雲對喝。碧雲也開懷暢飲起來。她的酒量比興國好，但她看見興國每當茶房送一樣菜來時，便要問「這是什麼價錢」，心裡就感著一種說不出來的不愉快。

「碧雲，再喝一瓶吧。喝完了，叫茶房快些拾收，我們要一同洗澡去。一年餘的夢今晚才實現呢。」他有點醉了，但她不信他是真醉。

「呸，討厭。我不洗了，你一個人去洗吧。」碧雲雖然這樣說，但不能不向他作媚笑。

「你也思念夏副總指揮嗎？」

「不許你提他的名字！」她裝出發怒的樣子。

「你自從 B 海口回省城來，這幾個月間真的堅守到現在嗎？」

「你這個人真討厭！誰和你說這些話！」

「我們往後要長久共同生活，我倆今夜裡要把各人的祕密公開出來才好。」興國說了後，哈哈的大笑。

碧雲想，興國就是這點討人厭，他對女性沒有半點的尊重，只當是種玩物。但是已經到這裡來了，還有什麼話說呢？

由H埠回來，他們還是在H公司裡找飯吃。碧雲近來覺得自己實在是戀著興國，不能離開他了。母親的意思是要她和他快點舉行正式婚禮，不要再蹈覆轍。結婚之後，興國就住在她們家裡來也使得。碧雲曾把這意思約略告知了興國，興國只說，現在的經濟狀況還不容許，要她等到時局再變動，他有官做的時候才結婚。

碧雲的思想近來也進步了許多，她知道男女間全靠有愛，這個愛是不受什麼結婚式的支配的，所以她也不急急於要求興國舉行婚禮，她只用盡能力去捉住他的愛。她和他最初是每星期兩三次在旅館裡相會，約過了二三星期，經濟上支持不住了，只好在一家人家裡分租了一間後樓房，做他倆幽媾的場所。但一個月也要十二元的租金，加上零用一切，還是不十分經濟。興國的收入固然用得乾乾淨淨，就連涂媽家裡的生活也受了點影響。

就這樣地過了兩個多月，季節又入秋初了。碧雲對興國的情熱還是有加無已，但在興國方面像一天天地冷漠了。兩人間也漸漸互有閒話了。她想，最後手段唯有要求他正式同居了。但興國聽見只是微笑。

「碧雲，男女的戀愛關係若一旦變為夫妻，那以後只有過呆板的生活，沒有半點樂趣了。我覺得還是這樣地過密會的生活有趣些。如果每天住在一起，一定會厭倦的。」

「但是我的身體……」

「你的身體怎麼樣？」

「像有了小孩子。」

「不要講笑，真的有了小孩子？」

興國看她的乳嘴果然帶幾分黑色了。

「誰和你說笑！」碧雲想，自己是在圓軌上走循環的路了。像這樣子，什麼時候走得完呢？她在他的摟抱中，流了不少的眼淚。

「真是我的小孩子嗎？」

碧雲哭了。

「你既然這樣不負責任，那也算了！……」她忙坐起來，打算回去，她走下床來了。

「這樣更深半夜你還想回去嗎！」

「……」

「不要這樣發氣。我們可以慢慢商量。……作算是我的小孩子，也不該單要我來負責任。假定你不容許我的要求，我何能和你發生關係？你自己願意的，怎麼有了小孩子，就要完全歸男人方面負責呢？……」

「不要你負責！誰要你負責！完全是我一個人的錯誤！我也有覺悟了！」

「有覺悟，為什麼哭呢？」

碧雲想，這個人比夏更卑劣。所謂革命青年，所謂少年將校，都是最卑劣不過的動物。他們做事不負責任，每天只是要錢，今天想錢，明天想錢，無日不想錢，責任是不盡的。他們的日常慣用的手段也只是誣陷及放冷箭，而沒有勇氣作正面的理論的鬥爭。

十年之後。

中國境內的貧苦民眾的小孩子們都長大起來了。他們像一種菌類一天一天地繁殖。剩下來的少數的有錢人都住在H埠，靠帝國主義的保護過活了。

那年冬在省城起了一個大變動，惹起了數國的帝國主義出來武裝干涉。但是飢寒的民眾對帝國主義戰亦死，不戰亦死，於是各持刀斧，向帝國主義抵抗，前僕後繼，和帝國主義者相持了半年之久，又到炎夏的季節了。帝國主義者知道用武力無效了。

碧雲這時候，正在H埠流落。她聽見存在H埠各銀行的總指揮軍長師長們的款——數十年間積下來的民膏民脂——帝國主義因為和中國開了仗，把它全體沒收了。這些寄居H埠的新式猶太人或其子孫大恐慌起來，恨得大罵國內的窮民，不該輕舉妄動和帝國主義宣戰，害得他們沒有飯吃。

興國也是新式猶太人之一。碧雲有一次看見他坐在馬路的一隅向行人討銅板。因為他伸出腳來妨礙了行人，一個纏紅頭的阿三拿一根木棍向他頭上打下去。

「我們是同志喲！同志，請你莫打我。我們都是被壓迫的弱小民族！」

「你有什麼資格說這種話！你是剝削你的貧苦同胞——一種弱小民族——的兇狠的虎狼。從前你在你們國裡做過虎狼，現在該叫你做做狗。告訴我，你在××銀行裡存有多少款被沒收了？」

「我的存款比起他們總指揮，軍長，師長，部長的來真是千分之一萬分之一還不夠。只有五十多萬，但是我是個營長啊。……不要說了，到了今日，同歸於盡了！誰說若干年之後可以廢除不平等條約呢？從前我過信他們的話了。」

「我們印度人雖然亡了國，當了奴隸！但不會像你們中國人自殘同種，剝削同胞，吞噬同胞啊。」

碧雲還看見了許多十年前的新興貴族階級來H埠作寓公的，現在他們或其子孫都沒落了，同淪為亡國奴了。她想，今天算走盡了我的人生的長途吧。在故國的勞苦民眾正在努力建設他們的新國家，自己怕不能及身見了。

電子書購買　　爽讀 APP

國家圖書館出版品預行編目資料

長途：物欲橫流的時代，是否還有戀愛存在 / 張資平 著 . -- 第一版 . -- 臺北市：複刻文化事業有限公司 , 2023.11
面；　公分
POD 版
ISBN 978-626-97803-1-0(平裝)
857.7　　112016023

長途：物欲橫流的時代，是否還有戀愛存在

臉書

作　　者：張資平
發 行 人：黃振庭
出 版 者：複刻文化事業有限公司
發 行 者：複刻文化事業有限公司
E-mail：sonbookservice@gmail.com
粉 絲 頁：https://www.facebook.com/sonbookss/
網　　址：https://sonbook.net/
地　　址：台北市中正區重慶南路一段六十一號八樓 815 室
Rm. 815, 8F., No.61, Sec. 1, Chongqing S. Rd., Zhongzheng Dist., Taipei City 100, Taiwan
電　　話：(02) 2370-3310　　**傳　　真**：(02) 2388-1990
印　　刷：京峯數位服務有限公司
律師顧問：廣華律師事務所 張珮琦律師

定　　價：250 元
發行日期：2023 年 11 月第一版
◎本書以 POD 印製

Design Assets from Freepik.com